Jean-Paul Dubois est né en 1950 à Toulouse où il vit actuellement. Journaliste, il commence par écrire des chroniques sportives dans *Sud-Ouest*. Après la justice et le cinéma au *Matin de Paris*, il devient grand reporter en 1984 pour *Le Nouvel Observateur*. Il examine au scalpel les États-Unis et livre des chroniques qui seront publiées dans *L'Amérique m'inquiète* (1996) et *Jusque-là tout allait bien en Amérique* (2002). Écrivain, Jean-Paul Dubois a publié de nombreux romans (*Je pense à autre chose, Si ce livre pouvait me rapprocher de toi*). Il a obtenu le prix France Télévisions pour *Kennedy et moi* (1996), le prix Femina et le prix du roman Fnac pour *Une vie française* (2004).

Jean-Paul Dubois

VOUS PLAISANTEZ, MONSIEUR TANNER

ROMAN

Éditions de l'Olivier

TEXTE INTÉGRAL

ISBN 978-2-7578-0474-2
(ISBN 2-87929-468-1, 1re publication)

À Arthur et Louis, mes petits-fils
Bonne chance à Émile

Au pied de l'escalator, il me serra la main et dit : « Soyez tranquille, j'ai fait un "feng shui" chez les Rothschild. »

BRUCE CHATWIN

MISE EN GARDE

Les événements ici rapportés se sont déroulés sur plusieurs années. Pour préserver l'unité du récit, la chronologie des faits a été quelque peu modifiée. Comme d'ailleurs les noms des personnages. En revanche, les caractères ombrageux, les manies malfaisantes, les lubies inquiétantes des artisans qui m'ont si longtemps et savamment persécuté ont été scrupuleusement relatés. Je compris trop tard que je ne possédais pas les ressources physiques et morales suffisantes pour résister à ces hommes endurcis et endiguer l'avalanche de catastrophes que tous ces corps de métiers s'ingénièrent à déclencher. Les pièges de cette aventure se sont un à un refermés sur moi et m'ont totalement anéanti. De cette longue et épuisante bataille, je garde un souvenir terrifiant et voue encore une haine aveugle, tenace et féroce, à certains de mes bourreaux. Et pourtant, aussi bizarre et incompréhensible que cela puisse paraître, je suis aujourd'hui fier d'avoir porté le maillot de cette équipe terrifiante dont aucun homme raisonnable ne voudrait évidemment être membre.

La lettre

Rien ne me prédisposait à me retrouver ainsi mêlé à de telles histoires. Absolument rien. Je vivais à Toulouse dans une maison agréable, bâtie dans un style dépouillé et rassurant. Le jardin, enroulé sur lui-même, pareil à un vieux chat qui dort, était planté d'arbres rampants enchâssés dans le vert velouté des massifs. J'exerçais un métier peu exigeant puisque je tournais des documentaires animaliers et des séries sur la pêche en rivière pour des chaînes de télévision blasées et peu regardantes. Cela m'assurait un revenu régulier tout en me laissant de larges plages de temps libre. J'aurais pu vivre ainsi durant des siècles, filmant, en paix, le labeur de l'abeille et les proies du brochet. Pourtant, un jour, cette existence lénifiante vola en éclats. Une lettre recommandée se chargea de me livrer l'enfer sur le pas de ma porte.

Le notaire

Il portait sur son visage tout le poids de sa charge. D'invisibles fardeaux pesaient sur ses épaules. Ses yeux rougis larmoyaient, son nez suintait pareil à une vieille canalisation et, de sa voix monotone assourdie par un pharynx irrité, il n'en finissait pas de lire d'absconses considérations testamentaires aux termes desquelles il m'annonça d'un air équivoque que j'héritais d'une immense maison d'habitation appartenant jusque-là à feu mon oncle qu'on avait retrouvé emmailloté de latex et raide mort dans le lit d'un tout jeune homme dont il partageait l'existence depuis quelques années. Un instant, le notaire sembla s'extirper des bas-fonds de son coryza pour retendre ses lèvres d'un rictus de dégoût et me confier à propos du gigolo : «Je l'ai reçu hier. Un joli petit corps sans tête. Incapable de s'assumer une seule seconde. Votre parent m'en avait glissé deux mots. Il avait, paraît-il, été exclu du corps des parachutistes.» Sans doute pour compenser cette cruelle désillusion, mon oncle lui léguait sa Mercedes 92 caramélisée, sa collection de toiles du

XVIIIe assez spéciales et un très bel appartement au bord de la mer. Après sa courte digression, le notaire revint à mon affaire : «Donc, monsieur Tanner, acceptez-vous votre héritage ?» Sur l'instant, la question me sembla saugrenue. Qui refuserait une pareille maison ? Le notaire posa sur moi un regard qui semblait me plaindre, puis il enregistra ma réponse.

La rencontre

La demeure était à peu près aussi imposante que dans le souvenir de mon enfance. J'avais dû venir ici seulement quatre ou cinq fois en raison des rapports orageux que mon père entretenait avec ce frère dont il n'avait jamais accepté l'homosexualité théâtrale. À chaque visite, j'avais été impressionné par les dimensions de la bâtisse. Si haute, si longue et tellement large. Aujourd'hui, les charpentes s'incurvaient sous le poids des ans. Les tuiles s'accommodaient de ces inflexions. Les carrelages branlaient comme de vieilles dents, quant aux parquets, rongés par l'humidité, ils s'abandonnaient à l'œuvre obscure et patiente des champignons lignivores. Cela faisait plus de quinze ans que personne ne vivait là. Les peintures fanées, les plafonds scrofuleux témoignaient de cette déshérence. Tout sentait le moisi et la ruine. N'importe qui doté d'un peu de raison aurait vu, entre ces murs, un paquebot de soucis, un porte-avions d'emmerdements. Au lieu de fuir à toutes jambes ces arbres centenaires et ces toits grabataires, je montais en souriant vers le grand hall de l'étage. J'avançais dans un long couloir baigné d'une lumière poudrée. J'entrais dans une vaste pièce au plafond himalayen. Un vieux groom hydraulique referma la porte derrière moi. La maison, doucement, m'avalait.

Le sage

Nous nous connaissions depuis longtemps. Il y a quelques années, il m'avait aidé à faire quelques travaux chez moi. Cet artisan maçon s'occupait aussi de charpente et de couverture. Il s'appelait Eduardo Gomez et s'obstinait malgré un accent castillan abrasif à se faire appeler Édouard Gomet et à répondre «Célouimem» quand on le demandait au téléphone. À ma requête, Édouard Gomet vint voir ma nouvelle maison pour faire une évaluation approximative des travaux. Il prit des notes dans son petit carnet et métra des surfaces. Mais à mesure que nous progressions, il renonça vite à relever quoi que ce soit, se contentant de souffler de découragement devant l'étendue de la tâche qui se révélait à lui. Lorsque nous eûmes terminé le tour du propriétaire, il se gratta le crâne, se planta devant moi, glissa sa main dans son pantalon et, remettant en place ce qui devait l'être, me dit : «Bou zalé droit dans lé mour. Tout est à réprendre. Oun année dé santier. Trop dé trabail.» Reniflant machinalement le bout de ses doigts, Édouard Gomet jeta un

18

dernier regard à la bâtisse, sourit, secoua la tête, et me tendit la main comme un homme qui vient de conclure une bonne affaire.

La quête

Tous les artisans qui se déplacèrent pour établir des devis dans leurs domaines de compétence confirmèrent les dires d'Édouard Gomet. Le plus encourageant me conseilla de faire un emprunt sur vingt ans. Et lorsque je m'étonnai de l'envolée des sommes que me laissait entrevoir ce dispendieux entrepreneur, l'homme de l'art m'asséna d'un ton condescendant : « On ne restaure pas Chenonceaux avec un plan épargne logement. » Sans doute avait-il raison, mais à cet instant-là, dans la pénombre du grand salon, je lui trouvais une petite gueule de gouape, un visage d'assassin. J'eus alors une pensée pour le jeune amant de mon oncle qui, l'esprit libre de toute rénovation, devait se consoler de sa perte, allongé sur la terrasse de son appartement maritime, dans les bras d'un assureur sans doute avide et sûrement musculeux.

Les jours suivants se présentèrent toutes sortes de maîtres d'œuvre, maquereaux aux spécialisations variées, souvent plus habiles à faire valser les chiffres que la truelle. Tous me tenaient à peu près ce langage : « Moi, monsieur Tanner, mon boulot, c'est de trouver des chantiers et de mettre des ouvriers dessus. Chez vous, rien que pour la première tranche, il y a du boulot pour cinq types pendant six mois. En gros je vous les facture deux cent cinquante euros la journée, hors taxes, ça vous va ? » Six mois, à mille deux cent cinquante euros par jour. Pas loin de cent quatre-vingt mille euros sans compter les matériaux, les bennes et les échafaudages. « Tout compris ? comptez dans les trois cent mille, trois cent cinquante mille pour être tranquille. » La quiétude devenait pour moi un luxe effarant, ahurissant, hors de prix.

Black market

Je n'avais pas le choix. Entrepreneurs et maîtres d'œuvre m'établissant des devis équivalant au PNB du Nicaragua, je devais en passer par là : entrer dans les recoins obscurs du travail au noir, pénétrer ce maquis de paroles évasives, de promesses flottantes, de talents approximatifs, de tarifs changeants, de délais élastiques, découvrir un monde hors taxes, hors norme, hors la loi, peuplé de débutants hésitants, de vieux rusés, de retraités chafouins, de branleurs somptueux, de génies caractériels, de fous complets, de demi-fous, d'irresponsables, de menteurs, de hâbleurs, d'arnaqueurs, un monde instable, prêt à sombrer pour un mot de trop, un coup de vent, un verre de vin, un monde où il manque toujours quelque chose, un outil, une planche, du sable, un sac de MAP, un tuyau, du courage, de la brasure. Bref une jungle étrange qui, très vite, finit par vous envahir, vous submerger et vous rendre totalement cinglé. «Bou zalé droit dans lé mour, messié Tanner. Ché typès qui trabaillent au noir césson des gansters, des acrobatès. Méviez bou. Ché bou zauré prébénou.» Je savais les mises en garde d'Édouard Gomet fondées : lorsqu'un maçon vous annonce que vous allez vous fracasser contre un mur il parle en connaissance de cause. Mais je ne voulais rien entendre, rien savoir du naufrage qui m'attendait et des flibustiers qui déjà me guettaient.

Le notaire, phase 2

Pour financer les travaux, je décidai de mettre ma maison en vente. Son charme opéra sans délai si bien que deux semaines plus tard je me retrouvais chez le notaire avec le nouvel acquéreur. L'homme de loi était toujours aux prises avec ses éternuements et ses larmoiements. «Mes allergies», marmonna-t-il en guise d'excuses à l'endroit de l'acheteur, un Ariégeois sans âge, partiellement chauve, avec les sourcils toujours en l'air et, aux lèvres, un demi-sourire figé laissant accroire un léger embarras. Son visage exprimait en permanence cette stupeur caractéristique des grands animaux à cornes pris dans le pinceau des phares. Il était en outre affublé de deux exaspérants tics de langage. Ses phrases commençaient invariablement par «Qu'on le veuille ou non» ou «Automatiquement». «Qu'on le veuille ou non, quand on achète une maison comme ça, ce n'est pas pour déménager le lendemain.» «Automatiquement, à partir d'une certaine surface, ça devient difficile à chauffer.» Il nous assena ainsi un certain nombre de vérités premières, puis, lorsqu'il fut à court de lieux communs, qu'il le veuille ou non, il fut bien obligé de remplir son chèque. Automatiquement, le notaire le mit à l'encaissement.

Le premier jour

— Vous allez travailler avec nous ?

— Oui. J'ai pris six mois de congé sans solde.

— Vous voulez dire que vous allez être sur le chantier tous les jours ?

— Ça a l'air de vous ennuyer.

— C'est-à-dire que vous ne nous l'aviez pas dit. Nous, on n'a pas l'habitude de travailler avec quelqu'un. Généralement les types pour lesquels on bosse, on ne les voit que le vendredi, le jour de la paye.

— Eh bien moi, vous me verrez tous les jours de la semaine.

— Vous plaisantez, monsieur Tanner. En tout cas, il faut qu'on se mette d'accord : qui est-ce qui va commander ?

— Je ne comprends pas.

— Ben, qui va commander le boulot ? C'est vous le patron, mais vous n'y connaissez rien aux charpentes, alors comment on va faire ?

— D'abord j'ai déjà refait un toit dans ma première maison et, ensuite, chacun va travailler de son côté.

– Nous, le nôtre, et vous, le vôtre, c'est ça ? Autrement dit on pourra faire à notre façon sans que vous vous en mêliez.

– Si tout se passe bien, oui.

– Et qui est-ce qui va décider si ça se passe bien ou pas ?

– Moi.

– Bon… Dites, la chienne de Pedro vient d'avoir des petits. Il peut pas la laisser seule chez lui avec tous ces chiots à cause des voisins, vous comprenez, les aboiements, tout ça. Alors il les a amenés, pensant les lâcher dans votre jardin. Bien sûr, il savait pas que vous seriez là. Ça pose un problème ?

– Quoi ?

– Qu'il lâche les chiens dans le jardin.

– Il y en a combien ?

– Six. Avec la chienne.

Avant même que j'aie eu le temps de donner ma réponse la meute jaillit de la camionnette et s'égailla dans l'herbe. Des bêtes quasi adultes, gueulardes, excitées, agressives entre elles et surtout d'une laideur embarrassante. Lorsque la famille m'aperçut, chacun vint me renifler et tourner autour de mes mollets. Aussi étrange que cela puisse paraître, ces animaux sentaient l'essence, plus exactement le gasoil. Ils rôdèrent un moment dans mes parages et, obéissant à un invisible signal, se mirent à aboyer contre moi. Pierre et Pedro regardaient la scène en riant, puis, comprenant que les bâtards passaient la mesure, le maître des fauves s'approcha et décocha un grand coup de pied dans le ventre de sa chienne. Instantanément le vacarme cessa. En guise d'excuse, Pedro me dit :

— C'est parce qu'ils ne vous connaissent pas encore. Dans quelques jours, ça ira mieux.

Pierre et Pedro

Pierre Sandre et Pedro Kantor formaient un couple comme l'on n'en croise qu'une fois dans sa vie. Sandre était une sorte d'os sans fin, un échalas décharné avec une démarche d'insecte maladroit. À voir Pedro Kantor, on se demandait, en revanche, comment un aussi petit homme pouvait porter autant de chair. Il avait des jambes courtes, des bras minuscules, des doigts ratatinés, pas de cou et son ventre, démesuré, le précédait en tout lieu. C'était donc ce singulier équipage qui allait œuvrer sur mon fragile toit de tuiles. J'avais du mal à concevoir leur ballet.

En ce premier jour d'installation, je fus surpris de ne pas voir Pierre et Pedro monter le moindre échafaudage. Vers midi, Pierre vint vers moi :

— Vous avez une échelle ? Parce que nous on en a pas.

— Comment vous faites d'habitude ?

— On demande une échelle au type chez qui on travaille.

— Et s'il n'en a pas ?

— Vous rigolez ou quoi? Tout le monde a une échelle.

Devant tant de désinvolture, j'aurais dû comprendre que je faisais fausse route, que je m'embarquais sur un radeau branlant avec des pirates dégénérés. Au lieu de quoi j'attribuais ces fantaisies à un sans-gêne souvent caractéristique des grands professionnels.

Ils avaient hissé quelques outils sur le toit ainsi qu'un énorme transistor qui, tel un muezzin alcalin, arrosait le quartier de sa puissance sonore. De temps en temps, d'une voix de marchand de cravates, l'animateur demandait à un auditeur qu'il avait en ligne: «Et moi, je suis qui?» C'est alors que là-haut, sans se concerter ni dévier de leur tâche, d'une même et tonitruante voix, mes deux oiseaux entonnaient «le roi de la radio!».

La morsure

Le travail n'avançait pas, la radio continuait de me briser les oreilles sans toutefois couvrir les aboiements de la meute qui se jetait sur moi dès que je redescendais du toit. Pour rentrer dans la maison tranquillement, j'avais inventé un stratagème. Je déposais un tuyau d'arrosage sur les derniers barreaux de l'échelle et, avant de poser pied à terre, j'ouvrais la pression et maintenais les fauves à distance en les aspergeant à grands jets. Mais un jour, le pistolet s'enraya. En un instant la chienne et ses gigantesques petits se précipitèrent vers moi et m'encerclèrent si bien que je ne pouvais ni atteindre la porte d'entrée ni grimper sur l'échelle. J'essayais de garder mon calme au milieu de ce maelström de poils, puis tentais de me défaire des molosses en les écartant du pied. C'est alors que le plus dégénéré de la horde me mordit la cheville. Sans acharnement mais avec suffisamment de vigueur pour me poinçonner de ses deux incisives. Remonté par la colère, je m'en pris à Pedro Kantor.

– Bon, maintenant ça suffit. Il va falloir trouver une solution avec ces chiens.

– Je suis d'accord avec vous, monsieur Tanner. Vous savez ce qui s'est passé, là ?

– Un de ces cons m'a mordu.

– Ça, je l'ai vu. Mais vous savez pourquoi ? Parce que vous les menacez depuis plusieurs jours avec votre tuyau. Les chiens, c'est comme nous, ils ont besoin de comprendre pourquoi on les punit. Et là, depuis plusieurs jours, je sens que les bêtes se disent « M. Tanner ne nous aime pas. Il veut sans cesse nous arroser. Et pourtant on ne lui a rien fait ». Pas plus tard qu'hier j'ai dit à Pierre « Tu vas voir, ça va mal finir cette histoire de tuyau entre les chiens et M. Tanner ».

– Écoutez, monsieur Kantor, je ne vous demande pas un cours de psychologie canine, mais une solution pour vos animaux.

– Mais je viens de vous la donner, monsieur Tanner, la solution : cessez de les arroser.

Le voisin

Mon plus proche voisin, qui était très lié avec mon oncle, m'avait visiblement adopté. Nous échangions souvent quelques amabilités et il ne manquait pas de me saluer ostensiblement lorsqu'il m'apercevait sur le toit. Pourtant, un samedi matin, il m'aborda d'un air préoccupé.

– Ils sont là ?

– Qui donc ?

– Les couvreurs.

– Non. C'est le week-end.

– Écoutez-moi, monsieur Tanner, je ne veux pas me mêler de ce qui ne me regarde pas, mais avec ces gars-là vous allez avoir des ennuis. Ces types ne sont pas du métier, ce sont des drogues.

– Comment ça des drogues…

– De drôles de pistolets, quoi. Ils connaissent rien au boulot. Dès que vous avez le dos tourné, ils arrêtent de travailler, je le vois bien de chez moi. En plus ils ne savent pas marcher sur un toit. À chaque pas ils vous cassent des tuiles. Un toit, ce n'est pas rien, monsieur Tanner. Votre oncle ne les aurait pas gardés cinq minutes. Et leurs chiens qui aboient et leur radio qui hurle, je vous assure, il faut de la patience.

— Je suis vraiment désolé. Je leur demanderai de baisser le son.

— Ça ne les empêchera pas de crier toutes les dix minutes ! Je sursaute à tous les coups. Non, je crois qu'ils sont cinglés. Au fait, vous les avez trouvés où ?

Je mentis en marmonnant qu'un ami me les avait recommandés. Je mentis une seconde fois en promettant à cet homme que toutes ces fantaisies allaient cesser, que j'allais y veiller.

Les absences

Le chantier se traînait. Certains jours, j'avais l'impression de traverser ce que les navigateurs appellent le «pot au noir», cette zone de calme plat où pas un souffle ne vient rider la surface de la mer. Sur mon toit, rien ne bougeait. Pas la moindre trace de la plus petite activité. On aurait dit que Pedro et Pierre, tels des lézards engourdis par la chaleur, s'étaient dissimulés sous les tuiles. Leur inactivité les rendait quasiment invisibles. De temps à autre, ils revenaient brutalement à la vie, hurlaient «le roi de la radio!» et disparaissaient dans un recoin de la charpente. À leur lenteur systémique s'ajoutèrent des absences chroniques. Les deux oiseaux avaient le don de s'envoler en un clin d'œil. Ils empilaient, en bas, un plateau de tuiles et le temps que je grimpe la charge sur le toit, ils avaient disparu. Les chiens aussi. Ils n'hésitaient pas à me raconter n'importe quoi pour justifier leur départ précipité. Un chiot avait avalé du poison. La banque leur avait demandé de passer régler un problème. Ils avaient oublié le contrôle technique de la camionnette. L'URSSAF voulait revoir avec eux leurs déclarations. À chaque fois c'était «tellement urgent qu'on n'a même pas eu le temps de vous prévenir». On ne peut pas dire qu'ils se donnaient beaucoup de mal pour inventer des prétextes acceptables. Ils partaient un soir, me disaient «à demain» et revenaient deux jours plus tard accompagnés de la horde sauvage. Un matin, n'y tenant plus, j'appelai Pedro sur son portable :

— Vous comptez arriver à quelle heure ?

— Monsieur Tanner, on ne va pas pouvoir venir aujourd'hui, ni demain. Je suis en Touraine en ce moment, avec ma mère qui est très malade. Je dois m'occuper d'elle.

J'entendais aboyer dans le lointain.

— Et Pierre ?

— Pierre ? Qu'est-ce que vous voulez qu'il fasse, tout seul, sur un chantier pareil… ?

— Qu'il m'aide.

— Ne vous en faites pas, monsieur Tanner. Dès mon retour, on mettra les bouchées doubles, on rattrapera le retard.

J'étais bien décidé à ne pas me laisser rouler. Je rappelai aussitôt Pedro Kantor. Sur sa ligne fixe, à Toulouse. Bien évidemment, cet imbécile décrocha.

— Vous êtes déjà rentré ? Ça veut dire que votre mère va mieux.

— Écoutez, j'entre à l'instant.

Les chiens hurlaient.

— Vous étiez en Touraine, il y a une minute.

— Ah pas du tout. On s'est mal compris. Je vous ai dit que je rentrais de Touraine. Que je RENTRAIS, monsieur Tanner.

– Arrêtez de me prendre pour un con, vous voulez ? Il est dix heures. Si vous n'êtes pas là, avec Pierre, avant la fin de la matinée, je dépose vos outils devant la porte et j'embauche quelqu'un d'autre.

– Vous avez quelqu'un ?

– Je trouverai.

– Vous savez quoi, monsieur Tanner ? Sous vos airs gentils, vous êtes vraiment dur.

La bière

Ce jour-là, je dus quitter le chantier vers onze heures pour aller passer une commande de bois. La moindre sortie s'apparentait pour moi à une sorte de délassement, un moment de répit. L'espace d'une heure ou deux, je redevenais un homme normal. Je me douchais, j'enfilais des vêtements propres, je conduisais ma voiture. Je parlais à des gens, ils me répondaient poliment, je les écoutais sans arrière-pensée, sans me demander ce qu'ils tramaient dans mon dos.

Ce jour-là, donc, je me rendis à la scierie pour faire tailler des chevrons de 8, des pannes de 12/25, et des poutres de 20/20. Comme la journée était belle, au lieu de rentrer directement, je fis un détour par mon ancienne maison. La façade était si claire, si accueillante qu'elle me parut presque vivante, bourrée de joie et d'énergie. Elle dégageait quelque chose de sain, de fiable, de protecteur. J'entendais des cris d'enfants qui jouaient dans le jardin. Les rosiers regorgeaient de fleurs, l'herbe était coupée de frais, et les arbres dispensaient çà et là des

ombres apaisantes. Toutes sortes de souvenirs affluè-
rent à ma mémoire, et j'éprouvais, pour la première
fois, un profond sentiment de perte. *Qu'on le veuille
ou non*, j'avais fait une énorme bêtise. *Automatiquement*, je devais en payer les conséquences.

Il était un peu plus de quinze heures lorsque je
revins chez moi. La radio hurlait à tue-tête, mais il
n'y avait personne sur le toit. La camionnette des
deux spadassins était là. Sans doute devaient-ils
ourdir quelque chose dans un recoin. Je les cherchai
dans le garage, dans la cour et les trouvai finale-
ment dans le jardin. Ils dormaient sur des chaises
longues. Mieux, ils ronflaient comme des poêles à
mazout. À leurs pieds, le reliquat du combustible :
deux bouteilles de bordeaux, huit canettes de bière,
et la meute – qui sait – elle aussi peut-être avinée,
en tout cas assoupie à l'ombre des platanes. Face à
cette fresque d'ivrognerie biblique, je restai sans
voix. Je songeai à l'amant de mon oncle, au notaire
compatissant, à la carcasse de ce bâtiment échoué, à
la tourmente qui s'était engouffrée dans ma vie, et
les larmes me montèrent aux yeux.

Après avoir enfilé mes vêtements de travail, je
montai sur le toit. Mon premier geste fut de couper
la radio. Ensuite je me mis au travail. Lorsque je
redescendis vers dix-huit heures, la compagnie au
grand complet avait levé le camp et goûtait sans
doute un repos bien mérité.

Mise au point

Pourquoi avoir supporté tout cela ? Pourquoi ne pas avoir mis fin à cette association cauchemardesque ? À cause du syndrome du nœud coulant, phénomène bien connu dans le bâtiment. Lorsque des cow-boys comme les miens vous attrapent au lasso, vous êtes fini. Ou bien vous vous résignez à ce qu'ils vous dressent et l'opération se passe plus ou moins bien, ou bien vous résistez, et là, à chaque ruade, la corde vous étrangle un peu plus. Il faut savoir que trouver des couvreurs libres, au printemps, dans le sud du pays, est un espoir totalement vain. Donc, même avec deux « acrobatès », ou deux « drogues », vous vous estimez chanceux par rapport à tous ces clients qui s'entendent répondre avec une pointe de sadisme dans la voix : « Je peux vous prendre, mais pas avant novembre. » Et lorsque le travail de couverture a commencé, vous êtes totalement dépendant de l'entreprise que vous avez engagée, qui seule possède de quoi bâcher les surfaces découvertes. Ligoté, dans la peau d'un otage, au fil des jours vous périclitez, vous déclinez, mais dès que vos étrangleurs relâchent un peu leur étreinte, dès que le chantier reprend, provisoirement, un cours normal, vous éprouvez une certaine sympathie envers vos tortionnaires. Ils vous paraissent plus humains, plus compétents, vous arrivez même à leur trouver certaines qualités.

Vouvoiement

Ce matin-là, j'avais rendez-vous avec une entreprise spécialisée dans la location de bennes de sept
mètres cubes pour évacuer les gravats. Les sauvages du toit jetant par-dessus bord, chaque jour,
des tombereaux de tuiles cassées, il était temps de
nettoyer le sol de la cour. La dernière fois que
j'avais eu recours à une compagnie de ce type,
j'avais eu affaire à un ours mal élevé, vaguement
menaçant, maltraitant son employé et grognant des
phrases de trois mots. Je m'apprêtais donc à accueil-
lir l'un des membres de cette lignée. Mais c'est un
prince qui entra. Un homme en costume d'une élégance discrète, au sourire apaisant, à la poignée de
main rassurante. Chic, décontracté, il avait un côté
Cary Grant en vacances. Il s'adressait en ces termes
à son chauffeur :

— Lorsque vous livrerez monsieur, vous prendrez
garde à ne pas accrocher l'un des piliers d'entrée
avec l'arrière de la benne. Je vous dis cela, Robert,
mais je sais l'excellence de votre habileté au volant.

— J'avais remarqué que le portail était assez étroit,

monsieur, mais je pense que cela ne posera aucun problème. Nous sommes très au-delà des cotes minimales.

— Je vous fais une totale confiance, Robert. En tout cas, s'il y avait le moindre problème, monsieur Tanner, n'hésitez surtout pas à nous le faire savoir. Quand souhaitez-vous que nous procédions à l'enlèvement ?

J'aurais voulu qu'ils restent là, qu'ils continuent à m'enchanter avec leur ton aimable, leur langage châtié, qu'ils m'entretiennent de bennes basculantes, de gravats, de cotes minimales, de n'importe quoi. Leur conversation me faisait l'effet d'un baume. Au moment où je les raccompagnais à leur voiture, les deux hommes se figèrent en entendant les voix pathologiques de deux ivrognes hurler, là-haut, «Le roi de la radio !!».

— Ce n'est rien... Ça vient du toit... Ce sont les couvreurs.

À peine avais-je fini ma phrase qu'une volée de tuiles, jetées en aveugle, s'abattit dans la cour.

Le plafond

Les sauvages et moi travaillions chacun à une extrémité du toit. Durant la journée nous ne nous parlions pas. Je me contentais de subir leur impossible vacarme. Sous les tuiles, la chaleur était accablante. La poussière irritait la gorge, les yeux et la peau. Il fallait boire en permanence. Je vidais des litres d'eau pendant que mes comparses, eux, s'hydrataient à la bière et accumulaient les canettes sur le toit. J'étais en train de changer de la volige quand j'entendis crier :

– Monsieur Tanner, venez voir !

Je traversais la toiture et découvris Pedro tenant un bout de poutre vermoulue à la main.

– On a trouvé des termites, regardez !

– Ce ne sont pas des termites. Il y avait une fuite et le bois a pourri. J'ai fait venir un expert il y a un mois.

Visiblement déçu, Kantor tournait et retournait le bout de poutre dans sa main.

– Vous êtes sûr ?

– Certain.

– N'empêche, on dirait des termites.

– Ça n'en est pas.

– Pierre et moi on était sûrs que c'étaient des termites.

– Vous vous trompiez.

– Ou bien c'est l'expert qui vous a mis la tête dans le seau.

– Bon, écoutez, on va pas passer la journée là-dessus. Je vous dis qu'il n'y a pas de termites dans cette maison.

Je me glissais sous la charpente. Les poutres pourries par l'humidité et les champignons avaient été sciées et prolongées par des pannes neuves simplement clouées. C'était du travail d'amateur, du bricolage de brutes intégrales. Je regardais ces réparations consternantes lorsque je découvris l'impensable :

– Monsieur Kantor, c'est quoi ça ?

– Quoi ?

– Ces poutres. Toutes ces poutres que vous avez changées, sur quoi reposent-elles maintenant ?

Pierre avait rejoint Pedro. Ils étaient debout, hébétés, regardant fixement les chevrons que je leur désignais. Solidaires dans la malfaçon, ils ressemblaient à deux pignons grippés.

– Je comprends pas ce que vous voulez dire.

– Les poutres, normalement, elles reposent sur le mur de refend. Et là, elles appuient sur quoi ?

– Le plafond.

– Autrement dit vous faites reposer les tonnes de cette partie du toit sur le plafond de la chambre d'en dessous.

45

– C'est ça.

– Vous êtes fou ou quoi ? Vous vous rendez compte ? C'est ma chambre qui est là. Vous imaginez que je pourrais prendre tout ça sur la tête ?

Lentement, très lentement, les «rois de la radio» prenaient la mesure de leur faute. Ils se regardaient, l'air empêtré, cherchant une excuse, une explication, quelque chose qui pourrait justifier l'inadmissible. Kantor tenta bien un modeste mensonge :

– Le plafond, on l'a testé, vous savez. C'est du solide.

– Laissez tomber tout le reste, et aidez-moi à consolider ça avant ce soir.

– Comme vous voudrez, monsieur Tanner. N'empêche, pour ce qui est des termites, vous pourrez pas dire que Pierre et moi on vous aura pas prévenu.

Les rois du zinc

Il y avait bon nombre de retours en zinc sur ce toit. Ce travail demandait une véritable expertise. Il fallait plier le métal, le découper avec précision, le décaper et enfin le souder. Prévoir aussi, aux endroits stratégiques, des joints de dilatation. Dans le duo que j'employais, c'était Pedro Kantor qui était censé posséder ce savoir-faire. Plus je le regardais téter ses canettes, se prendre les pieds dans les tuiles, tordre des clous à coups de marteau, scier de travers des madriers, plus j'avais des doutes sur ses talents de zingueur. Mes craintes se vérifièrent le jour où, « pour changer », il décida de délaisser un peu la charpente pour réparer un retour de cheminée. La journée entière, à mains nues, il batailla contre ce bout de ferraille. Je finis par me résoudre à lui poser quelques questions.

– Vous n'avez pas de plieuse ?
– Ça sert à rien. Pas besoin.
– Comment vous donnez la forme alors ?
– À la main et au marteau.
– Vous ne décapez pas à l'acide avant de souder ?

— Pas la peine. Attendez, monsieur Tanner, je connais mon boulot. C'est moi qui ai fait l'agence du Crédit Lyonnais de l'avenue... Vous savez celle qui coupe la rue de la République.

— Vous soudiez avec un chalumeau «Camping-gaz» là-bas aussi?

— Non, avec un briquet. Pas vrai Pierrot? Au briquet je l'ai fait, le Crédit Lyonnais.

Et Pierrot riait. Et Pedro se tordait. Et moi, je regardais tout cela, effondré, découragé, abattu. En m'éloignant, je jetai un dernier regard à la base de ma cheminée, le grand œuvre de Kantor. Cela tenait à la fois de la compression de César et du mobile de Calder.

La météo

J'étais de plus en plus inquiet. Cela faisait des semaines qu'il n'était pas tombé une goutte de pluie. Le ciel nous accordait ses grâces mais, de toute évidence, le temps allait changer. Chaque matin je consultais le site de Météo France pour suivre les prévisions à cinq jours. Là-haut, sur la toiture, la brigade était bien loin de partager mes préoccupations. Pas de protection, pas la moindre bâche, rien.

— Avec un temps pareil, vous pouvez être tranquille.

Je l'étais d'autant moins que ce lundi-là Météo France émit un bulletin spécial annonçant de gros orages et une tempête sur Toulouse pour l'après-midi du vendredi.

— Cette fois c'est sérieux. Il faut absolument que vous apportiez les bâches avant la fin de la semaine et surtout que les chenaux en zinc soient terminés. Sinon, toute cette partie du toit se videra dans la maison.

— Qu'est-ce que vous êtes anxieux, monsieur

Tanner. C'est ce que je disais à Pedro hier : M. Tanner il est toujours tendu.

– Quand je lis ce qu'annonce la météo et que je vois l'état du toit, il y a de quoi.

– Mais la pluie c'est que pour vendredi. Et puis, la météo, c'est que des trompettes. Ils prédisent le temps en se mettant un doigt dans le cul. Moi je vous dis que, si ça se trouve, il fera même pas une goutte, vendredi.

La radio hurlait à deux pas de nous, Pedro soudait comme il pouvait, Pierre, fier de sa dernière réplique, après m'avoir toisé avec assurance et mépris, était retourné vers son tas de tuiles. Dans le transistor, l'animateur demanda «Et moi je suis qui?».

L'attente

Je vécus cette semaine dans la plus grande inquiétude. Pedro s'empêtrait chaque jour davantage dans ses plaques de zinc. Le résultat était catastrophique. Tout était tordu, de guingois. On aurait pu glisser une main entre chaque point de soudure. Points qui, d'ailleurs, lâchaient, à la moindre pression. Lorsque, devant Pedro, je dressais le constat de toutes ces carences, il se contentait de me répondre que tout cela n'était pas fini, qu'il positionnait juste les pièces et qu'une fois qu'il aurait terminé, tout serait parfait. Je n'avais plus d'autre choix que de le croire, d'espérer en une sorte de miracle. Cependant quelque chose avait changé dans l'attitude du zingueur. Il sentait confusément que son vernis de couvreur et sa mâle arrogance n'allaient pas suffire pour affronter les échéances qui nous attendaient. Je devinais chez lui les prémices d'une peur animale. Et cela me terrifiait. Tous les jours je scrutais les bulletins de la météo. À chaque fois, ils répétaient la même chose. La fin du monde était pour vendredi.

La tempête

La soirée de jeudi ressembla à une veillée d'armes. Sur le toit, chacun travailla tard dans une ambiance assez lourde. Le chenau en zinc partait dans tous les sens, les retours de cheminée prenaient des angles grotesques, rien n'était droit ni étanche, quant à Pierre, à son tour gagné par une vague crainte, il posait les tuiles les unes après les autres. Avant qu'ils partent, je demandais aux deux escogriffes de ne pas oublier les bâches pour le lendemain.

– Ça risque pas, répondit sèchement Pedro.

Vendredi matin, Météo France émit un nouveau bulletin d'alerte confirmant une violente tempête et des orages pour la fin de l'après-midi. J'annonçai la nouvelle aux couvreurs qui ne répondirent rien.

– Vous avez les bâches ?

Pedro me désigna un tas de toiles plastifiées entassées au pied d'une cheminée. Il faisait une chaleur étouffante, 37 ou 38°, sans le moindre souffle et les tuiles étaient brûlantes. Malgré la tension qui grimpait au fil des heures, la radio continuait de hurler comme aux plus beaux jours. Vers seize heures, le ciel se voila vers l'ouest et une bande de nuages sombres apparut sur l'horizon. Au même moment, le portable de Pierre sonna. Son visage se décomposa et il dit seulement «Ah bon!» à trois reprises. Puis il me dit :

– C'est mon frère qui m'appelle d'Agen. La tempête vient de passer là-bas. Il paraît que c'est terrible. Des trombes, un vent de fou, des toits emportés et des arbres arrachés.

Le désastre

Pedro, reclus dans une forme d'autisme, fermé au monde et à ses nouvelles alarmantes, s'acharnait sur des plaques de zinc qui bâillaient en tout sens.

En bas, les chiots sentaient l'orage.

À dix-sept heures, tout avait changé. La couleur du ciel, la température de l'air, sa texture, son odeur. Le vent s'était levé et faisait claquer les pointes des bâches que Pedro et Pierre commençaient à déplier. C'est alors que je compris que tout était fichu. Au lieu d'acheter une grande toile qui aurait couvert le toit et le chenau, les deux bourriques avaient préféré «emprunter» trois tentes à un marchand forain. Compte tenu de la surface du toit et de ses pentes, l'eau allait passer entre les toiles, ou plutôt couler à flots. Avant même d'émettre cette observation de bon sens, une goutte de pluie grosse comme une cerise s'écrasa sur mon avant-bras. L'instant d'après, ce fut le déluge.

Pedro, terrorisé, pétrifié, ne sachant plus que faire, une toile à la main et la bouche ouverte. Pierre courant comme un lapin dans tous les sens, glissant sur les tuiles, coinçant un bout de bâche pour l'empêcher de se gonfler comme une voile. Et moi, m'acharnant à couvrir le chenau qui fuyait de toute part. Nous étions paniqués, perdus, submergés. Sous mes yeux, je voyais s'engloutir des semaines de travail, d'énormes sommes d'argent, des tonnes de fatigue, de labeur, de courage. Le vent redoublait, le tonnerre soulevait la terre, et la foudre s'abattait aux quatre coins du paysage. Soudain, une bourrasque plus forte que les autres s'engouffra sous les toiles mal arrimées et les emporta à l'autre bout de la rue et peut-être du monde.

Je leur criai de descendre du toit, Pedro dévala l'échelle, suivi par Pierre. Debout sur une poutre, secoué, lavé, rincé, je ne pouvais détacher mes yeux de ces puissantes cascades d'eau qui déferlaient dans la maison. Fidèle au poste, stoïque, impavide, la radio, elle, continuait d'émettre à tue-tête ses inepties.

Seul le rugissement du tonnerre lui répondit.

En bas, lorsque tout fut fini, je retrouvai mes héros et la meute enfermés dans la camionnette. Pour la première fois, il me sembla deviner, au travers des vitres embuées, de l'embarras sur les visages de cette paire. Ils étaient responsables du désastre. J'étais coupable de leur avoir fait confiance jusqu'à la dernière minute.

Par l'ouest, le ciel s'éclaircit. La pluie cessa. Dans la maison, l'averse, en revanche, continuait. Du plafond, en partie éventré, s'écoulait toute l'eau accumulée dans l'étage et les greniers. Elle s'abattait sur les meubles, les lits, délavait les rideaux et submergeait les tapis.

Lorsque je sortis dans la cour, la camionnette avait disparu.

L'appel de nuit

Cette nuit-là, je me réfugiai dans l'une des rares pièces de la maison à ne pas avoir été dévastée. Vers dix heures du soir, électrisé par la colère, j'appelais Pedro Kantor :

— Monsieur Tanner ? Vous avez vu l'heure ?

— Vous vous foutez de moi ?

— Non, monsieur Tanner, pas du tout, mais c'est vrai que, généralement, on téléphone pas chez les gens à une heure pareille. Sauf, bien sûr, s'il y a un motif grave.

— Et vous trouvez que c'est pas grave ce qui est arrivé aujourd'hui ?

— Vous savez, il y a des choses bien plus dramatiques que ça dans la vie, monsieur Tanner.

— Écoutez-moi bien, Kantor. Demain matin, à la première heure, vous et votre acolyte vous allez m'acheter une grande bâche de protection et vous venez l'installer pour mettre la maison hors d'eau. Ensuite vous dégagez, je ne veux plus vous voir.

— Calmez-vous, monsieur Tanner, tout ça va s'arranger.

– Non, Kantor, rien ne va s'arranger.

– Pierre et moi on a pensé à des solutions.

– Faites-moi plaisir Kantor, ne pensez pas et faites simplement ce que je vous demande.

– Vous êtes trop tendu, monsieur Tanner. Vous vous emportez trop facilement pour des choses qui n'en valent pas toujours la peine.

– Bonsoir, Kantor.

– Monsieur Tanner…

– Oui.

– Vous ne m'enlèverez pas de l'idée que cette conversation pouvait attendre demain.

L'assurance

Pierre et Pedro arrivèrent sur le chantier vers onze heures du matin et, comme à leur habitude, lâchèrent leurs chiens dans le jardin. Le ciel était limpide, d'un bleu porteur de promesses et d'espérances. L'esprit des deux zigotos, visiblement lavé des souvenirs de la veille, semblait aussi serein. Après avoir débouché une bière, ils déployèrent au sol une immense bâche bleue qui sortait tout droit de son emballage.

M'apercevant dans la cour, Kantor s'approcha :

– C'est ce que vous vouliez, non ?

– Pourquoi vous n'aviez pas la même hier ?

– Trop cher. D'ailleurs vous nous devez cent euros.

– Vous voulez dire que pour économiser cent euros vous avez à moitié détruit ma maison ?

– Et voilà, ça recommence. Je vous l'ai déjà dit plusieurs fois. Vous êtes une boule de nerfs, monsieur Tanner. Une pile, une vraie pile.

Vers treize heures, le travail était terminé et la maison totalement à l'abri. Les zouaves descendirent du toit pour déjeuner dans l'herbe, comme à leur habitude.

Les voyant tranquillement s'installer pour pique-niquer tandis que, parmi les décombres, je continuais d'écoper les trombes de la veille, ma colère se réveilla.

– Vous avez compris ce que je vous ai dit hier ?

– Pedro m'a parlé de votre appel, hier soir. Ne vous en faites pas, on a une solution.

– C'est quoi la solution ?

– Hé ben, Pedro et moi on va finir tranquillement le toit et ensuite on va réparer les dégâts en dessous.

– Vous êtes plâtrier, maintenant ?

– Vous savez, le plâtre, c'est pas sorcier.

– Pierre, soyez gentil, ramassez vos canettes de bière, rassemblez votre meute et dégagez d'ici.

– J'avais dit à Pierre que vous n'accepteriez pas, intervint Pedro. J'ai fini par vous connaître, moi, monsieur Tanner. Vous êtes têtu et tendu. C'est ça, têtu et tendu.

– Pierre, donnez-moi les coordonnées de votre assurance et oublions cette histoire. Tous les dégâts seront pris en charge et au moins le chantier sera fait par des professionnels.

– Ben, justement, c'est pas évident.

– Qu'est-ce qui n'est pas évident ?

– Que les dégâts soient pris en charge par des professionnels.

– Et pourquoi ça ?

– Ben parce qu'on n'a pas d'assurance, monsieur Tanner.

– Vous n'avez pas d'assurance ? Vous êtes couvreur et vous n'avez pas d'assurance ?

– C'est une idée de Pedro. Il dit que ça sert à rien les assurances, que c'est toujours trop cher pour ce que ça rapporte.

Une seconde fois, le ciel me tomba sur la tête. Je me passais les mains sur le visage, lissais mes paupières et dans un dernier souffle, marmonnais :

– Foutez le camp d'ici.

Ils plièrent lentement bagage, comme des vacanciers à la fin d'un congé. Pierre s'occupa de regrouper leurs rares outils et les chiens, tandis que Pedro grimpa sur le toit pour redescendre la radio. Ils rôdèrent un moment, mal à l'aise, autour de la camionnette puis s'avancèrent vers moi avec un air à la fois contrit et sournois.

– … Voilà, monsieur Tanner… On a tout rangé… On voulait vous dire…

– Quoi ?

– Ben voilà… C'est au sujet de la bâche.

– Quelle bâche ?

– Celle du toit, la nouvelle qu'on vient de mettre.

– Oui et alors ?

– Elle nous a coûté cent euros.

– Je sais, vous me l'avez déjà dit.

– Pedro avait compris que vous alliez nous la rembourser.

– Écoutez-moi tous les deux. Je me demande parfois si vous êtes vicieux ou simplement cinglés.

– Attention, monsieur Tanner, restez poli. Nous, on ne vous a pas insulté. Alors du calme. Dans cette affaire, maintenant, on y est de notre poche. Alors faudrait voir à nous rembourser nos cent euros. C'est tout.

Je n'eus qu'à soulever ma pelle en hurlant pour qu'ils comprennent que les négociations étaient terminées.

Une fois enfermé dans la camionnette, Kantor abaissa sa vitre :

– Vous n'auriez pas dû faire ça. On reviendra. Méfiez-vous, monsieur Tanner, vous savez pas qui on est, nous.

Kantor démarra en faisant crier les pneus et j'entendis le choc mat des chiens qui s'écrasaient contre la tôle des portes à l'arrière.

Les professionnels

Lorsque je traversais les pièces du rez-de-chaussée, j'avais le sentiment de fouler les plants d'une rizière après la mousson. Le toit, pour sa part, semblait avoir été la cible d'un bombardement aérien. J'avais hérité d'une maison ancienne. Après plus d'un mois de chantier, je me retrouvais propriétaire d'une ruine. Ce matin-là je me souviens d'avoir songé à rendre visite à «Automatiquement» pour lui proposer de racheter mon ancienne maison. Là, tout de suite, sans explication et à n'importe quel prix. J'étais prêt à m'endetter sur des siècles et des siècles pour fuir à jamais cet enfer ruisselant, ces décombres flottants, ce paysage de bataille navale, ce cimetière marin. Je voulais redevenir ce que j'étais avant la lettre du facteur et le coryza du notaire : un banal hypocondriaque, un utilisateur occasionnel de Temesta, un honnête contribuable mensualisé, un modeste documentariste animalier.

Assis dans un fauteuil du salon, le visage entre les mains, j'entendais, çà et là, le goutte-à-goutte philharmonique et obsédant des dernières poches d'eau qui se vidaient à l'étage. Des panneaux entiers de plafond, seulement retenus par quelques lattis de bois, pendaient dans le vide. Et dire qu'il aurait suffi de cent euros pour éviter tous ces dégâts. Soudain Sandre et Kantor m'apparurent pour ce qu'ils étaient : des barbares, des cavaliers annonciateurs de petites apocalypses, faisant cuire des tranches de foie frais sous leurs selles, nourrissant leur meute avec les abats de leurs clients, écumant les chantiers les uns après les autres, pratiquant la politique de la terre brûlée, pillards de la tuile, braillards de charpentes, soudards dézingués, termites du patrimoine. Cette paire-là était bien plus dévastatrice que tous les parasites de la création. Elle s'attaquait non seulement au bois, mais aussi aux métaux, aux murs, jusqu'aux fondations qu'elle parvenait à miner d'une manière ou d'une autre. Sandre et Kantor. Deux Huns. On devrait afficher leurs photos sur tous les chantiers, à l'entrée de tous les magasins de bricolage et de location d'outils, chez les marchands de matériaux, les organismes de prêt, les promoteurs, les banques, les vétérinaires, les commissariats de police et les gendarmeries. Il fallait les baguer, surveiller chacun de leurs faits et gestes, les assigner à résidence, leur supprimer le droit d'établir des devis, d'exercer, bien sûr, d'élever des chiens et, surtout, d'écouter la radio.

Urgence

Il ne me restait plus alors qu'à accomplir le geste que font tous les naufragés du bâtiment : ouvrir les pages jaunes à la rubrique « couverture », choisir le plus gros encart commençant par « spécialiste rénovation, interventions en urgence » et attendre, en essayant de rester calme, les secours. Ils arrivèrent en début d'après-midi, le lendemain. L'évaluateur, du doux nom de Lindbergh, visita toutes les pièces, monta à l'étage, grimpa sur le toit, manipula quelques tuiles, tâta la charpente, la volige, examina le fatras de zinc, les soudures, puis me dit :

– Je suis désolé, mais il faut tout reprendre à zéro. Je ne peux même pas récupérer les plaques de zinc. Elles sont coupées n'importe comment. Je n'ai jamais vu ça de ma vie. C'est un vrai saccage.

– Et les soudures ?

– Il n'y a pas de soudures. Le zinc a été chauffé, c'est tout. Il n'a même pas été décapé. Tenez, vos ouvriers ont oublié leurs outils là-haut. Ils sont fichus. Regardez, ils sont encore pleins d'eau.

Ce n'étaient pas LEURS outils, mais les MIENS.

MA scie circulaire, MA scie sauteuse, MA tronçonneuse électrique. Kantor et Sandre avaient pris pour habitude de tout m'emprunter sans rien me demander. C'était comme l'échelle et tout le reste. Ils étaient à eux deux une véritable force d'occupation. Il leur avait suffi de quelques semaines pour réquisitionner ma maison, mes outils, mes finances, une partie de ma vie, et faire de moi une sorte de collaborateur passif.

— Je vous fais passer le devis demain en fin de matinée.

— Juste pour le toit et la zinguerie.

— J'ai compris. Juste le toit et le zinc.

— Pour la suite je verrai plus tard.

— Quand les assurances vous auront remboursé.

— C'est ça.

Le devis

Lindbergh arriva aux alentours de midi. J'eus l'impression qu'il me serra la main comme on présente ses condoléances. Il avait l'air grave et pénétré. À la façon d'un général de brigade – pieds légèrement écartés et mains croisées derrière le dos –, il se planta devant la façade qu'il parcourut d'un regard sévère.

– Ça fait mal de voir une chose pareille.

Je savais que cette mise en scène n'avait d'autre but que de me préparer au pire. Et le pire, sorti d'un petit porte-documents plastifié, tenait sur deux feuillets dactylographiés tapés serré.

– Bien sûr, comme la maison a plus de cinq ans, vous bénéficiez de la TVA à 5,5 %.

Je n'ai pas bronché, ni bougé, ni prononcé une parole. J'ai seulement replié les feuilles en quatre avant de les glisser dans ma poche.

– Je vous donne ma réponse ce soir.

– Comme vous le verrez, il y a un petit surcoût pour l'intervention d'urgence, vous comprenez, c'est normal. Je dois sortir mes gars d'un autre chantier pour les envoyer chez vous. Pendant ce temps, les compteurs tournent. En plus on est en pleine saison. Mais enfin, bon, on peut pas vous laisser comme ça.

Je crois être resté en apnée entre le moment où j'ai pris connaissance du devis et le départ de Lindbergh. La note était à vous coucher par terre. Six fois supérieure à l'estimation de Kantor et Sandre, cette somme me mettait définitivement sur le flanc. Je passai aussitôt une dizaine de coups de fil à des entreprises similaires, mais toutes me proposaient des rendez-vous à huit jours pour la visite du chantier et m'assuraient ne pas pouvoir de toute façon intervenir avant un trimestre. Je me sentais vraiment dans la situation du touriste anglais cherchant une chambre libre un quinze août en fin d'après-midi.

À dix-huit heures, j'appelais Lindbergh pour lui annoncer que j'acceptais sa proposition en dépit de son prix exorbitant.

– Je vous comprends, monsieur Tanner. Mais nous, vous savez, en pleine saison, on ne peut pas se permettre de faire du sentiment.

– Vous arrivez quand ?

– C'est une urgence. Alors disons demain matin, huit heures.

– Combien d'ouvriers ?

– Trois. Quatre si ça n'avance pas assez vite.

– Vous pensez terminer quand ?

– Si les autres ne nous ont pas laissé quelques mines sur le chantier, je pense qu'on pourrait boucler l'affaire en huit, dix jours maximum.

– Au fait, j'ai oublié de vous demander : vous êtes assuré en cas de sinistre ou de dégât des eaux ?

– Vous rigolez ou quoi ? Vous connaissez beaucoup de couvreurs qui travaillent sans assurance, vous ?

Le débarquement

À huit heures précises, trois véhicules aux couleurs de l'entreprise firent leur entrée dans la cour et se rangèrent face au parc dans un alignement impeccable. Trois types en combinaison orange sortirent des camions et Lindbergh s'avança vers moi.

– Voilà votre équipe, monsieur Tanner. Rachid, couvreur, Thadée, couvreur, et Attilio, zingueur.

À l'appel de leur nom, les ouvriers firent un pas en avant et me tendirent une main de marbre. J'étais terrifié à l'idée d'être retombé une fois de plus sur un gang de dingos. Cette mise en scène quasi militaire me fit redouter le pire.

– Pendant toute la durée des travaux, votre interlocuteur sera Attilio. Faites-lui part du moindre problème. Je passerai sur le chantier toutes les quarante-huit heures en fin d'après-midi. Les gars, en piste. Monsieur Tanner, à très bientôt.

Lindbergh quitta prestement la place. Rachid, Attilio et Thadée sortaient déjà leur matériel. Un monte-charge, des chèvres, des palans, trois échelles, les fragments d'un échafaudage, une tronçonneuse thermique, une plieuse, deux scies circulaires, des rouleaux de fil électrique, des chalumeaux, des bouteilles d'oxygène et d'hydrogène, de l'acide chlorhydrique, bref tout l'équipement des couvreurs-zingueurs.

Quelque chose me dit alors que ces gars-là étaient de vrais professionnels. Rien qu'à les voir manipuler leurs outils je sentais revenir en moi la confiance.

Le bonheur

Parfois, je m'asseyais sur le rebord d'une tuile et je le regardais faire. Attilio était le Botticelli de la smithsonite. Une fois son œuvre terminée, une cheminée n'était pas protégée mais véritablement enchâssée sur sa base, sertie d'un joyau travaillé dans un métal qui, à mes yeux, était bien plus précieux que le platine. Il fallait voir cette façon qu'il avait de découper et de souder les plaques pour qu'à la fin, elles moulent à la perfection l'arrondi des tuiles dans une robe frangée d'un gris légèrement bleuté. Cet homme si précis, si délicat, s'adonnait davantage à des tâches de couture qu'à des travaux d'étanchéité.

Ses deux compères, dans des registres différents, étaient aussi minutieux. Les poutres retrouvaient leur rectitude, les tuiles, brossées et nettoyées, formaient des alignements parfaits, tandis que les larges faîtières, cimentées les unes aux autres, chapeautaient la toiture de leur masse imposante. C'était du beau travail, un chantier reposant, sans cris, sans hurlements, sans bière, sans chiens, sans radio.

Au fil des jours, je reprenais courage, et force, et foi, et vigueur. J'étais ici chez moi. Sur ce toit. Avec des hommes de bonne volonté. Sans doute facturés à des taux horaires indécents, mais, dans cet étrange monde, la paix, la simple paix était à ce prix.

Le soir, Attilio, Rachid, Thadée et moi buvions un verre, assis dans l'herbe avant de nous séparer. Nous parlions de choses et d'autres, des histoires de chantiers, de patrons tyranniques, de clients maniaques, de types bizarres.

– Au fait, à propos de types bizarres, dit Thadée, vous savez que depuis tout à l'heure il y a deux gars dans la rue qui nous regardent de leur camionnette avec des jumelles ?

Je me levais d'un bond et courais jusqu'au portail. Kantor et Sandre étaient assis dans leur véhicule, garé sur le trottoir d'en face. Au moment où je commençais à marcher vers eux, Kantor lança le moteur, remonta sa vitre et démarra dans un nuage empestant le gasoil. À l'arrière du fourgon, les museaux collés aux vitres, les chiens aboyaient à s'en décrocher les mâchoires.

Bambou

Lindbergh portait une tenue et des chaussures de golf. Un sac de clubs était posé à l'arrière de sa voiture. Il avait l'allure d'un rentier en villégiature.

– Content du travail, monsieur Tanner ?

– Remarquable.

– Je vous ai donné les meilleurs. Pour rattraper ce chantier, il fallait bien ça. Bon, et voilà la facture. Vous verrez, il y a un petit dépassement.

– De combien ?

– Petit.

– C'est quoi petit ?

– Sincèrement, c'est la secrétaire qui l'a tapée et je n'ai pas mes lunettes, voyez par vous-même.

Il me tendit deux feuilles du bout des doigts et fit prestement deux pas de côté, comme pressé de se mettre à l'abri.

– Je ne comprends rien à votre présentation. Où est le total ?

– C'est-à-dire qu'on vous a fait une tarification horaire pour chaque ouvrier, vous voyez, comme ça on s'y retrouve tous mieux.

– D'accord, mais le petit dépassement, il est où ?
Et le total ?

– On a eu à fournir plus de bois que prévu. Du
bois de charpente spécial, en châtaignier.

– Je ne vous ai jamais demandé de châtaignier.

– À cette période, mon fournisseur est dévalisé, il
ne lui reste plus que cette essence. De toute façon,
c'est de la qualité, vous en avez pour la vie.

– Où est le total, monsieur Lindbergh ?

– Juste après la ligne « surcoût ». Généralement,
la secrétaire tape les taxes, le surcoût et, ensuite, le
total.

– Je ne comprends rien à votre facture.

Lindbergh s'approcha, survola les chiffres en
tenant le document à bout de bras, indiqua de l'in-
dex une zone floue, marmonna « Là, c'est là », me
rendit la note et fit à nouveau deux pas de côté.

La « somme à payer » était coincée entre un obscur
taux horaire, une « remise de marge » et un abscons
pourcentage de taxe. En lisant le montant, j'eus la
sensation de m'enfoncer lentement dans des sables
mouvants. Le « surcoût » était colossal, le « petit
dépassement », monumental.

– Ça, c'est ce que j'appelle un vrai coup de bambou.

– Et pourtant, à part le châtaignier, on a fait au
minimum et les gars n'ont pas traîné.

– Pourquoi vous ne m'avez pas prévenu pour le
châtaignier ?

– Figurez-vous que j'avais noté « Appeler M. Tanner » sur un Post-it dans ma voiture. Et puis j'ai
oublié. Vous savez ce que c'est, en pleine saison, il

faudrait avoir trois têtes, on est débordé. De toute façon vous n'aviez pas le choix. Il n'y avait plus que ce bois-là.

Dans son polo parme, son pantalon thé vert, ses chaussures bicolores à franges, Lindbergh ressemblait à une grosse pâte d'amandes en train de commettre une mauvaise action. Il se dandinait d'un pied sur l'autre en regardant machinalement sa montre outrageusement dorée.

— Vous êtes sûr de vos chiffres ?
— Comme de moi-même.
— Je vais vous faire le chèque.
— La moitié en liquide, ça vous ennuierait ?

Le répit

Tout le monde était parti. Pour quelques jours, en attendant d'autres corps de métiers, la maison et moi nous nous retrouvions face à face. Je travaillais seul. Parfois, mes coups de marteau résonnaient dans la bâtisse comme dans une cathédrale. Dans les pièces dévastées par l'inondation flottait une vague odeur de vase et de moisi, de varech et de champignon. On aurait dit que les bois, les planchers, les plâtres fermentaient sous les croûtes d'un jus saumâtre qui lentement séchait. Je m'employais à assainir les espaces, mais les volumes étaient immenses. Je me tuais à la tâche et, à la fin de la journée, j'avais le désagréable sentiment de n'avoir pas avancé. J'étais maintenant pénétré de l'idée que la maison me mettait à l'épreuve. En ouvrant ce chantier, j'avais dérangé une sérénité et un équilibre qui résultaient du retrait et de l'oubli. Abandonné, ce bâtiment s'était refermé sur lui-même, gérant à sa guise son propre délabrement, sa lente fin. Il y avait une sorte d'agrément entre les structures et la pourriture noble qui les rongeait. Les bois et les micro-organismes qui les dévastent vivent toujours en bonne intelligence pourvu que cela soit à l'écart des hommes. Avec mes outils tapageurs, mes idées simples, j'avais fait irruption à l'intérieur de ce monde silencieux et complexe. Flanqué de barbares cinglés, de chiens sauvages, de transistors insolents, de tronçonneuse à graissage automatique, j'avais brutalement rompu un ancestral traité de paix. Et cette inconduite-là, bien plus que Lindbergh, la maison me la faisait payer au prix fort.

Ce que je crois

On ne possède jamais une maison. On l'occupe. Au mieux, on l'habite. En de très rares occasions, on parvient à se faire adopter par elle. Cela demande beaucoup de temps, d'attention et de patience. Une forme d'amour muet. Il faut apprendre, comprendre comment marchent les choses, connaître les forces de l'édifice, ses points faibles, réparer ce qui doit l'être sans trop bouleverser l'écosystème que le temps a mis en place. Et jour après jour, année après année, la confiance, lentement, s'établit, une sorte de couple indicible et invisible se forme. Alors, confusément, vous savez, vous sentez que cette maison, que jamais vous ne posséderez, vous protège loyalement pour le temps de votre courte vie.

Nouveaux amis

En l'espace d'une semaine, je refusai deux séduisants tournages en Tanzanie et dans les Everglades. L'obsession de mener mon chantier à terme me dévorait. Je ne pouvais pas concevoir l'idée de m'absenter, ne serait-ce qu'une journée, de laisser l'ouvrage dans l'état où il était. Il fallait avancer, travailler, œuvrer sans relâche. Je vivais sur le trésor de guerre que m'avait rapporté la vente de mon ancienne maison. Mais la réserve fondait à vue d'œil.

Je m'occupais désormais des planchers. J'arrachais les anciens, plaçais de nouvelles lambourdes et clouais de larges lames bouvetées de sapin blond. Pas de fantaisies à points de Hongrie ni à bâtons rompus, mais une classique pose à l'anglaise. J'aimais cet exercice propre, gratifiant, qui emplissait la pièce d'une bonne odeur de sciure fraîche. À la fin de la journée, on pouvait mesurer le travail accompli et arpenter le nouveau territoire conquis sur la ruine.

Pendant ce temps, dans les pièces voisines, mes « nouveaux amis » s'attelaient à leur tâche. Ils portaient des prénoms charmeurs, à l'exotisme tzigane : Chavolo et Dorado, deux colosses ventripotents aux longs cheveux et aux fines moustaches. Ils me rappelaient les brutes velues qui, jadis, sur les foires, tordaient des barres de fer en poussant des grognements de plantigrades. Chavolo et Dorado refaisaient les plafonds et les cloisons endommagées par l'inondation en posant des plaques de placoplâtre. Du «BA13» comme ils disaient. Entre eux, ils parlaient la plupart du temps une langue qui m'était totalement inconnue. Lorsque je leur demandai quel était cet idiome, ils se regardèrent un bref instant, puis, sans me répondre, reprirent leur travail. Pourquoi fallait-il toujours que je me retrouve dans des situations pareilles, face à des gens d'apparence normale, mais qui soudain, inexplicablement, dérogeaient aux principes élémentaires de la raison commune ? En soi, cela n'avait aucune importance. Mais, compte tenu du contexte, je redoutais de découvrir que Chavolo et Dorado n'étaient en fait que l'une des multiples et perverses réincarnations de Sandre et Kantor.

La troisième personne

Outre leur charabia, Chavolo et Dorado avaient une autre particularité. Ils parlaient d'eux-mêmes à la troisième personne. Cela donnait parfois des dialogues ahurissants.

– Il est content du travail de Chavolo?

– Pour l'instant, pas de problème.

– Bon. Mais s'il y a quelque chose qui ne va pas, qu'il n'hésite pas à en parler. Chavolo préfère qu'on lui dise les choses en face plutôt que de les apprendre par-derrière.

– Les plafonds, vous allez tous les refaire en BA13?

– Il a une autre idée? Non? Parce que Chavolo préfère. Il monte des rails et ensuite, avec Dorado, il visse les plaques dessus. Ça va plus vite.

– Vous avez assez de matériaux?

– Non. Justement, il va aller en prendre d'autres. Il a un fournisseur préféré?

– Qui?

– Ben lui.

– Vous voulez dire moi?

– Il voit quelqu'un d'autre dans la pièce ?

Chavolo promena un regard circulaire dans la chambre à la recherche de cet hypothétique inconnu, puis, secouant légèrement la tête, reposa ses yeux sur moi avec commisération.

– Il n'oubliera pas de me remplir et de me signer le chèque.

Le chèque

Je redoutais le moment du réapprovisionnement. Aux termes d'un accord que Dorado, Chavolo et moi avions passé au début du chantier, je devais avancer le prix des matériaux. Lorsque j'avais conclu cet agrément, je n'imaginais pas les complications que tout cela engendrerait. Dès le premier achat, je compris les raisons de leur embarras.

– Il a oublié de remplir le chèque.

– Non, Dorado, je l'ai signé.

– Oui, mais il manque la somme au-dessus.

– Comment voulez-vous que je mette la somme alors que je ne connais pas le montant de vos achats. Vous le remplirez vous-mêmes.

– Impossible.

– Pourquoi ?

– Il sait pas écrire.

– Qui ?

– Moi.

– Et Chavolo ?

– Pareil. Ni lire ni écrire.

– Bon. Vous n'aurez qu'à demander au caissier de l'entrepôt de le remplir.

– Il veut rigoler ou quoi ? Pour qu'il mette n'importe quelle somme et qu'ensuite ça retombe sur Chavolo et Dorado ?

– Mais comment voulez-vous faire ?

Dorado entreprit de m'instruire. Je devais calculer moi-même le nombre de mètres carrés à traiter, noter les quantités de plaques, puis téléphoner au fournisseur, lui demander de m'évaluer au centime près le montant de la commande et enfin, remplir le chèque et le confier, sous enveloppe, à mes deux ours.

Lorsque je leur remettais ce pli, Chavolo et Dorado souriaient de bonheur comme s'ils recevaient une prime. Ce chèque était en fait bien plus que cela. Il représentait une sorte de sauf-conduit qui les mettait à l'abri d'une humiliation publique à laquelle leur illettrisme les exposait.

Durango et Bitz

— Il a fini la salle de bains. Il veut venir voir?

— J'arrive Chavolo.

— Voilà. Il a pris sur lui d'habiller le tuyau de descente. C'est mieux, non?

Et là, sans doute victime du mimétisme, je m'entendis répondre :

— Il a bien fait. Il l'a réussi. C'est une très bonne idée.

— Il était sûr que ça lui plairait.

Lorsque vint le jour de la première paye, je fus fort embarrassé au moment de remplir les chèques. Je m'aperçus que je ne connaissais que les prénoms de mes plaquistes.

— Il a qu'à mettre les chèques à l'ordre de Chavolo et Dorado.

— Ça c'est vos prénoms.

— Ça suffit. À la banque, ils connaissent.

— Non, non. Il me faut vos vrais noms.

Les deux hommes me regardèrent alors avec méfiance comme si j'étais en train de préparer un mauvais coup. Puis, me tournant le dos, ils entrèrent dans un interminable conciliabule à voix basse. Émissaire porteur d'un message confidentiel, Dorado s'approcha et murmura :

– Durango et Bitz.

Soudain, j'éprouvai le sentiment d'avoir en face de moi un homme tout nu.

– Qui est Durango et qui est Bitz ?

Dorado prit une profonde inspiration puis, baissant les yeux, marmonna :

– Dorado Durango et Chavolo Bitz.

Ce soir-là, ils quittèrent le chantier sans m'adresser la parole, me laissant en proie à une inconfortable et inexplicable confusion, comme si j'avais été surpris en train de fouiller dans leurs affaires.

Libido

Comme je l'avais déjà constaté lors de la rénovation de ma première maison, je vérifiais une nouvelle fois la capacité des chantiers à annihiler toute forme de désir sexuel. Cette libido qui semblait jusque-là diriger votre vie, qui vous tourmentait et jamais ne vous laissait en paix, s'évaporait à la vue d'une pelle ou d'une simple truelle. Il n'y avait rien à faire, à attendre ou à espérer. Le bâtiment était l'un des derniers bastions où la mixité n'avait pas sa place. Ici tout n'était que ciment et sueur d'homme. Et les tâches étaient si rudes qu'elles vous rinçaient d'abord et vous essoraient ensuite jusqu'à la dernière goutte. Vous n'étiez plus alors qu'une sorte d'insecte voué à la construction ou la réhabilitation de la ruche, un animal industrieux débarrassé de tout souci de plaisir et de reproduction, gros frelon bâtisseur, transpirant, fatiguant mais jamais ne bandant. Et le soir, les os rompus, les muscles noués, vous sombriez dans une apathie morphinique qui lentement vous conduisait vers un sommeil comateux. Le bâtiment cassait les hommes. C'est peut-être pour cela qu'à la longue ils devenaient tous bizarres, caractériels ou à demi cinglés. Et donc il y avait le sommeil, puis le lendemain les choses recommençaient. Dans leur infinie monotonie, leur perpétuelle rudesse. Le chantier arasait toute excroissance libidineuse. Terre stérile, il vous transformait en toundra, en taïga, en steppe. Sauf Dorado et Chavolo. Sans le vouloir, il m'arrivait parfois de surprendre l'une ou l'autre de leurs conversations pendant qu'ils fixaient les plaques de BA13. Jamais je ne les ai entendus parler d'autre chose que de sexe. Cela donnait des dialogues assez proches de ceci :

– Elle était bonne. Ça on peut pas dire le contraire. Vaillante et tout et tout. Mais elle avait un gros défaut : elle avait un goût de yoghourt, tu vois, un vrai goût de yoghourt. Elle sentait le putain de fromage. Un truc aigre, genre yoghourt bulgare, quoi.

– Et alors ? Il a fait quoi de son yoghourt bulgare ?

– Il a oublié qu'il aimait pas les laitages et il a fait l'hélicoptère, comme d'habitude, c'est ça qu'il a fait.

Chavolo et Dorado étaient intarissables. Le matin était consacré aux récits de la veille, quant à l'après-midi, il était réservé à l'analyse et à l'évocation des turpitudes de la soirée qui s'annonçait.

Outre ces conversations, les deux hommes avaient aussi une façon tout à fait personnelle d'enluminer le chantier. Chaque pièce où ils travaillaient était décorée de photos extraites d'un calendrier Pirelli qu'en fin d'année un fournisseur avait dû leur offrir pour les remercier de leur fidélité au BA13. Et donc les murs de la maison étaient piquetés de filles gorgées de frais implants mammaires et ruisselantes de gouttelettes qui inondaient leur chemisier et perlaient sur leur peau.

L'électricien

— Il l'a trouvé où, celui-là ?
— Qui ça ?
— L'électricien qui est arrivé ce matin.
— Un ami me l'a conseillé.
— En tout cas, il est pas normal. En plus, on comprend rien quand il parle.

Igor Zeitsev était un jeune Russe qui effectivement ne maîtrisait pas les nuances et la complexité de la langue française. Mais la défiance que lui témoignait Chavolo n'avait qu'un lointain rapport avec ses difficultés d'expression. Il faut savoir que, dans le bâtiment, les corps de métiers se vouent un mépris aussi inexplicable qu'inextinguible. Le plâtrier tient le maçon pour un pouilleux et le plaquiste pour un escroc. Le chauffagiste regarde de haut le fumiste qui, lui-même, toise le jointeur. Quant à l'électricien, électron agaçant, il ne voit même pas le peintre, que, souvent, le carreleur rabroue. Le charpentier n'est qu'un primate aux yeux du menuisier que le couvreur tient pour quantité négligeable, tandis que le zingueur, albatros

91

des toitures, raille le plombier, vague ratier de la tuyauterie.

Dans ces conditions on comprendra donc qu'aux yeux de Chavolo et Dorado, bien plus que d'être russe et incompréhensible, Igor Zeitsev avait l'irréparable tort d'être électricien.

– Il est temps que tout ça se finisse.

– Chavolo, je vous trouve bien sévère.

– Non, monsieur Tanner. Chavolo a passé l'âge de bosser avec des cinglés.

– M. Zeitsev vient d'arriver. Comment pouvez-vous affirmer qu'il est timbré?

– Il n'a qu'à aller faire un tour dans la pièce où travaille l'électricien et il verra par lui-même. Plus une photo au mur. L'autre les a toutes arrachées. Il a dit que c'était un péché des filles pareilles. Un type qui pense ça, forcément, c'est un détraqué du caleçon. De toute façon les électriciens ce sont tous des détraqués du caleçon.

Catholique

Igor Zeitsev ressemblait parfaitement à l'idée que l'on pouvait se faire d'un Russe en pleine santé. Un corps d'athlète, des bras de fer, un visage poupin, des yeux bleus et un gros nez charnu au milieu d'un faciès dont on subodorait qu'il ne répugnait pas à la confrontation. Lorsqu'il s'exprimait, Zeitsev était souvent à la limite de l'intelligible. Voici par exemple le verbatim de l'accrochage qui l'opposa à Chavolo :

– Pourquoi il a arraché les photos ?

– Photos sont péchés. Cie mol. Tri mol. Fiam niou sion grav péché.

– Qu'est-ce qu'il raconte hein ? Qu'est-ce qu'il baragouine Krouchtchev ?

– Pas Khrouchtchev. Zeitsev. Toi ékioute jamis. Moi pas aimer phiotiou fiam niou. J'asplique déjà toi. Insoult Diou.

– Des femmes nues ça insulte Dieu, c'est ça qu'il raconte Vassiliev ? Mais où il va chercher des trucs pareil celui- là ? Chavolo, il met des femmes nues où il veut sur les chantiers, il fait ce qu'il veut sur ses murs, Chavolo, et c'est pas un Rouski de merde qui va venir lui expliquer la vie.

— Tiu parrl boucou plakist. Tiu faire mieux de travail.

— Où il a mis les photos Gagarine, hein, où il les a fourrées nos filles ?

— Chierch plou. Sion dans pioubell. Jiété.

— Jetées ?! Il a jeté les filles à la poubelle ?!

— Quand phiotiou fiam niou insoult diou moi mettre pioubel. Et toi avic si tou continiou. Karlacho !

— Maintenant il menace Chavolo, le pousseur de câble ? Mais Chavolo il va pas se laisser emmerder par un Gorbatchev en soutane. D'abord, à partir de maintenant, il lui interdit de lui adresser la parole. Il veut plus jamais entendre ce putain d'accent de Rouski sur ce chantier !

— Pendant tiou rakont ton histoir avic ta biouch, travail, lioui, avance pas.

Le pape

Les quelques jours durant lesquels Chavolo et Dorado croisèrent Zeitsev furent pour le moins électriques. Je craignais que ces tensions ethniques finissent par dégénérer et qu'une bagarre éclate dans la maison. À vrai dire, je ne me souciais guère des blessures que les belligérants pouvaient s'infliger. Ce que je redoutais avant tout, c'étaient les dommages collatéraux. Les dégâts sur les cloisons refaites à neuf, les enduits encore frais.

On l'aura compris, Zeitsev était un catholique forcené, un catcheur de Dieu. Faire le coup de poing en son nom était un de ses loisirs préférés. Zeitsev avait deux idoles : le pape et « padre Piou » comme il disait, en fait le padre Pio, cureton italien, sorte de demi-saint illuminé ou quelque chose comme ça. En fin de soirée, j'avais remarqué que Zeitsev priait souvent en travaillant. Aucun son ne sortait de sa bouche, mais ses lèvres bougeaient à toute vitesse. Et je le regardais faire. Les mains sur la terre et la tête au ciel. Et moi-même je croisais les doigts pour que tout cela ne se mélange pas, les voies du Seigneur et

95

les fils du salon, que le courant passe, et qu'enfin la lumière soit.

Lorsque Chavolo et Dorado eurent terminé leur travail et que, sur le chantier, je me retrouvai seul avec Zeitsev, l'atmosphère changea radicalement. Le moine de Moscou commença à prendre ses aises et installa petit à petit son attirail religieux. Il fixa un crucifix dans le couloir et aménagea dans un coin du salon un petit autel avec une bougie, quelques rameaux d'olivier, deux photos du pape et du padre, et un livre de prières. Je le trouvais parfois agenouillé, les mains jointes ou se signant frénétiquement si bien que, de dos, l'on aurait pu penser qu'il tentait de chasser une nuée de moustiques. Vêpres, matines, complies et je ne sais quoi d'autre. Tout y passait. Évidemment le travail n'avançait pas et le chantier devenait une annexe du Vatican. Chavolo avait vu juste. Zeitsev était marteau. Un matin nous eûmes une explication.

— Monsieur Zeitsev, ça ne peut plus durer comme ça. Vous passez plus de temps à prier qu'à faire le travail pour lequel je vous ai engagé.

— Viou pas piouvoir ompéché moi di prier. Cié liberti diou kioult.

— Je ne vous empêche de rien du tout. Je vous demande simplement de vous occuper de mon électricité tant que vous êtes sur le chantier. Ensuite, libre à vous de vous enfermer dans un monastère.

— Viou n'ékioute jami quand je parle, monsieur Tanner. Moi pas viouloir monastire. Seulement faire élektriciété avec proutiktioun di Diou.

— Ce que je voudrais, monsieur Zeitsev, c'est que

vous passiez plus de temps à faire des branchements qu'à prier. C'est tout.

– Monsieur Tanner. Si Diou qui mi don li idée klair. Vous savoir comment je tester courant, au dibiou, quand je commence éliectricitié à Moscou et moi pas avoir boîtier kontrôl ? Je mettre langue sour li fils dinioudé. Parfois quand courant là, moi traverse pièce comme fiousée. Mais, tioujiour, Diou protège moi.

La messe

Au lendemain de cette conversation, Igor Zeitsev arriva flanqué d'un acolyte qu'il semblait avoir tiré précipitamment du lit.

– Fiedorov. Colliègue à moi. Aider piour allié pliou vite.

Fiedorov ressemblait à un rescapé, un homme qui vient d'échapper à un naufrage ou un accident d'avion. Il avait un regard totalement fixe, hébété, de temps en temps se grattait le bras et finissait ses exercices par un énorme bâillement.

– Ce soir, éliectriciétié illioumine la pièce.

Et Zeitsev et Fiedorov se mirent au travail. Évidemment, entre eux, les deux hommes s'exprimaient en russe. Si bien que j'avais parfois le sentiment de vivre à l'étranger, ou d'être un voyageur immobile visitant de lointaines contrées derrière des guides qui se nommaient tantôt Zeitsev, tantôt Dorado.

Je passais mes journées à genoux. À emboîter mes lames de parquet, à les scier, à les clouer. Vu de loin, dans cette position, Zeitsev devait me prendre pour un homme très pieux.

Au début de l'après-midi, je décidai d'aller me dégourdir les jambes et de jeter un œil sur le grand œuvre du gang moscovite. Je trouvais les deux olibrius au salon. Zeitsev, debout derrière l'autel, Fiedorov, agenouillé, face à lui, tête basse. Zeitsev tenait un croûton de pain qu'il sembla bénir plusieurs fois. Ensuite il leva le quignon vers le plafond prononça quelques paroles et l'autre, en bon fidèle, lui répondit. Ils étaient en train de célébrer une messe. En russe. Dans mon salon. Au milieu d'un entrelacs de fils électriques. Au plein cœur de la journée. Face au mur où quelques jours plus tôt s'étalaient les superbes poitrines Pirelli. Voilà. Nous y étions. Une fois encore j'avais ramassé la crème de la crème. Ce n'était pas possible. Ces types devaient se donner le mot. Ils venaient du monde entier, ne se connaissaient pas, mais tous portaient le même virus, le même Mal. Leur voyage n'avait d'autre but que d'amoindrir ma résistance, d'user ma patience. Dans la corporation, ce devait être un rite initiatique, une sorte de pèlerinage. On allait chez Tanner comme l'on se rendait à La Mecque ou à Compostelle. Et seuls les plus méritants, les plus atteints aussi, les plus cinglés surtout, avaient le droit d'effectuer ce périple. J'étais confronté à une internationale nuisible, une nébuleuse préparée dans des camps d'entraînement, dressée à tuer la raison, à liquider le bon sens, à égorger la logique. Et cette fois c'était au tour des Russes. Et demain ce serait des Pakistanais. Puis des Polonais. Des Lituaniens. Et pourquoi pas des Afghans. Le monde regorgeait de fanatiques et mon chantier, saboté depuis le départ, semblait n'avoir jamais de fin.

– Vous allez me ranger tout ça et vous remettre tout de suite au travail.

J'avais prononcé ces mots d'une voix calme, sans élever le ton, à la manière d'un homme usé chez qui la colère n'arrive plus à prendre le pas sur la lassitude.

Les deux Slaves m'adressèrent un regard foudroyant immédiatement suivi d'une bordée de grognements qui semblaient plus proches de l'insulte que de l'incantation. Ils menèrent l'office jusqu'à son terme, se signèrent une dernière fois, soufflèrent la bougie et rangèrent leurs accessoires. À l'exception du quignon qu'ils avaient avalé, sans doute, en guise de communion.

Plus tard, Zeitsev vint me voir tandis que je clouais mes planchers. Il se tenait debout devant moi, les bras croisés. J'étais à genoux, tel le pécheur face à son juge.

– Monsieur Tanner, si viou continiouiez à troublier célibration, moi pliou pouvoir tierminer chantier. Diou passe avant tiou. Si viou pas comprendre, moi et Fiedorov partir.

Je ne tentai même pas de soutenir le regard de Zeitsev. Je baissai les yeux et, avec mes clous et mon marteau, me contentai mentalement de crucifier une nouvelle fois celui par qui tout le mal était venu.

Fiat lux

Je ne faisais même plus attention aux offices qui dans le salon se succédaient à un rythme maniaque. Les Russes s'en donnaient à cœur joie. Lorsque Zeitsev m'annonça que le travail était fini, je discernai dans sa voix quelques inflexions de fierté et une pointe d'arrogance. Il insista pour que je me déplace et allume moi-même le courant.

– Cié tradition riousse propriétaire miaison allioume primière fois.

Dans la situation d'un ministre inaugurant une nouvelle centrale électrique, je me postai face au compteur et enfonçai le bouton vert du disjoncteur après avoir marmonné « Fiat lux ». Sous mes doigts jaillit alors une gerbe d'étincelles qui se propagea de prise en prise à la vitesse de l'éclair, avant de faire long feu à la manière d'un petit accessoire pyrotechnique bon marché. Zeitsev regarda Fiedorov qui regarda Zeitsev qui regarda Fiedorov qui regarda Zeitsev qui me regarda. Dans l'air flottait un léger parfum de poudre et de catastrophe larvée.

– Vous voyez monsieur Zeitsev, sincèrement, je

me demande ce qui serait arrivé si Dieu ne vous avait pas protégé.

– Diou rien fait la diedans. Miauvaise masse quielque part. Fiedorov et moi triouver avant cié soir.

Et ils cherchèrent la masse à quatre pattes, avec les doigts, avec la langue, avec des gousses d'ail, le missel, la bougie, le crucifix et même, en fin de compte, un appareil de contrôle. Toute la journée ils tentèrent en vain de percer le mystère de leur incompétence. Et tandis qu'ils se livraient ainsi à cette quête païenne obstinée, je notais que pour la première fois ils en oubliaient de célébrer leurs offices. Pas de masse. Pas de messe.

Curiosités

Après deux jours de savantes et approximatives recherches, le duo rétablit le courant. Instruit par le premier fiasco, j'avais refusé de me soumettre au rituel russe qui voulait que le maître des lieux joue, en fait, les cobayes. C'est Fiedorov, l'apprenti, qui poussa le bouton et, cette fois, la lumière fut. Aussitôt, comme un homme pressé de quitter l'enfer, Zeitsev commença à remballer ses affaires. Ses objets de culte en priorité, ses outils ensuite. Pendant ce temps, incrédule et le visage empli d'un bonheur simple, Fiedorov continuait d'actionner les interrupteurs, faisant aller et venir l'électricité, aiguillant le voltage d'une simple pression de ses doigts angéliques. À ses yeux, Zeitsev était bien le grand maître, celui qui dominait et canalisait des forces colossales dans des fils minuscules avec l'aide et la grâce de Dieu.

– Si viou avoir problème courant, coupier toujours rouge biouton.

– J'ai compris, monsieur Zeitsev.

– Et ensuite appelier moi. Personne autre. Moi,

103

montier installation selion shéma riousse. Si techni-
cien français répare sans savoir, lui tiou faire sauter.

Je ne comprenais pas en quoi les lois de l'électricité pouvaient différer d'un pays à l'autre, mais je
refusais de m'aventurer plus avant dans des conversations techniques en compagnie d'un croisé du
Sacré-Cœur qui bénissait chaque fusible avant de le
glisser dans sa boîte.

Je raccompagnais Fiedorov et Zeitsev jusque dans
la cour. Les deux hommes me serrèrent longuement
la main et, après avoir échangé quelques plaisante-
ries en russe, entassèrent leur matériel dans le coffre
du véhicule. C'est alors que j'aperçus les photos.
Rangées proprement contre la roue de secours. Il ne
les avait pas mises à la poubelle. Il les avait récupérées. Les filles Pirelli. À côté du pneu. C'était dans
l'ordre des choses.

Mercedes

Après leur départ je découvris quelques manifestations aussi miraculeuses qu'inexpliquées dans mon installation. Lorsque j'actionnais le va-et-vient du salon, une lumière isolée s'allumait aussi au bout du couloir. L'interrupteur de la salle de bains commandait également la hotte aspirante de la cuisine. En revanche, dans mon bureau, je devais actionner simultanément trois interrupteurs pour obtenir un éclairage. Quant à l'ampoule des toilettes du bas, elle ne marchait que si l'on appuyait sur le bouton du hall. Il suffisait de mémoriser ces particularités et tout allait bien. En tout cas je renonçais à rappeler le duo pour réparer ces malfaçons préférant consacrer mon énergie à une nouvelle phase de rénovation.

Il s'agissait cette fois de refaire une dalle de béton dans la cour. Quelque chose de simple mais de pénible.

Jean Goujon m'avait été recommandé par Lindbergh. Un ancien ouvrier à lui. Un maçon de l'ancienne école aujourd'hui à la retraite qui, pour cent cinquante euros la journée, faisait, paraît-il, des merveilles. Il accepta le travail à condition que je fournisse la bétonnière et l'alimente en sable, ciment et gravier pendant que, lui, il coulerait et lisserait le mélange. Jamais je n'avais vu un homme aussi sale et négligé. Il portait des vêtements de travail raidis par le ciment. Les pores de son visage étaient obturés par la crasse et des touffes de poils désordonnés jaillissaient çà et là de ses joues et de ses oreilles. Goujon était un presque septuagénaire usé, de forte corpulence, et en l'imaginant en train de brasser du béton à son âge, on se sentait aussitôt mal à l'aise. Il fallait que cet homme soit encore vraiment dans le besoin pour accepter pareille tâche.

Et donc, Goujon et moi nous mîmes au travail. Pendant que j'enfournais sable et gravier dans la bétonnière, je le voyais entrer et sortir de la cour pour aller chercher les outils qu'il avait, semble-t-il, laissés dans sa voiture.

– Si ça vous arrange, n'hésitez pas à rentrer votre auto dans la cour.

– Pourquoi ?

– Ça sera plus simple que de faire tous ces allers et retours.

– Bon.

Lorsque le portail s'ouvrit c'est une Mercedes qui s'avança et vint se garer en oblique auprès de la maison. Pas un break, ni une vieillerie, non, un des plus gros modèles de la marque, un luxueux véhicule, doté des options et perfectionnements technologiques les plus récents, estampillé de la mention « Élégance » sur l'aile avant. L'intérieur était en cuir. Sur les sièges arrière souillés étaient posés en vrac les quelques outils de Jean Goujon. Une pelle, des truelles, un niveau, une courte règle, un fil à plomb.

Je ne pus m'empêcher de demander :

— C'est votre voiture ?

— Je l'ai achetée l'an dernier.

Jean Goujon, propriétaire d'une automobile de luxe et, sans doute, considérablement riche, se mit à quatre pattes pour tirer la bouillie que, d'une pleine brouette, je venais de verser à ses pieds. Levant les yeux, il regarda mes mains et dit d'un ton à la fois réprobateur et choqué :

— Vous travaillez avec des gants ?

Semblant aussi déçu que navré, il ajouta :

— Le béton, faites-le plus liquide.

Désagréable

De tous les gens avec lesquels j'ai travaillé durant ce chantier, Goujon fut sans aucun doute le plus désagréable. Pas vicieux, ni tordu, ni malsain, ni branquignol, non, simplement déplaisant, par nature et à tous égards. Le maçon répondait à toute question par une sorte de grognement. Si celui-ci avait une tonalité ascendante, il fallait comprendre un oui. Si au contraire on percevait une inflexion plus basse cela signifiait que l'homme s'exprimait par la négative. Plus troublant encore, il émanait de Jean Goujon une sensation de vide, d'absence de conscience. C'est assez terrible à éprouver et à dire. Ce personnage est là, tout près de vous, et vous sentez très distinctement qu'il n'est habité par rien, qu'il ne désire ni n'espère rien. Même pas les cent cinquante euros quotidiens qu'il vous a réclamés. Il les a demandés parce que c'est la règle, parce qu'on lui a appris que dans la vie tout se paye, tout s'achète, tout se vend. Cet argent, il ne le veut même pas, il n'en a pas besoin. Il a tout. Si vous mouriez subitement à côté de lui, il rangerait sa pelle et, sans vous adresser un regard, rentrerait chez lui. Et s'il décédait à vos pieds, il n'espérerait de vous que le même traitement. Je pense sincèrement que Goujon n'a jamais éprouvé le moindre sentiment ni la plus petite émotion. Goujon est une sorte de végétal musclé qui roule en Mercedes.

Nous travaillâmes ainsi pendant quatre jours sans nous parler, ni échanger, ni ressentir quoi que ce soit. La dalle terminée, Goujon empocha sa paye et s'en alla sans me dire au revoir. Il entassa ses quelques affaires à l'arrière de sa voiture et démarra.

Au premier orage, je découvris que cette brute avait donné une pente négative à la dalle. L'eau s'écoulait vers la maison et inondait l'entrée de la cuisine. J'appelais Goujon pour lui faire part du problème.

– J'ai un ennui avec la dalle. Elle a une pente négative.

– Quoi ?

– Une pente négative. L'eau s'écoule vers la maison au lieu d'aller vers la cour.

– Fallait penser à ça sur le moment. Maintenant c'est trop tard.

Jean Goujon raccrocha et plus jamais je n'entendis parler de lui.

Fatigue

Je travaillais tous les jours, y compris les week-ends et quelquefois, même, la nuit. Peu à peu le chantier prenait forme. Aucune pièce n'était totalement terminée, mais je commençais à avoir une vision plus claire de l'ensemble. Lorsque la tâche était trop importante ou délicate, je faisais appel à un professionnel. Pour le reste, je m'arrangeais seul, soulevant parfois des charges déraisonnables ou imaginant des stratagèmes pour déplacer des structures nécessitant l'intervention de deux hommes. Certains jours, j'étais brisé par la fatigue. Mes articulations semblaient grippées. Les genoux, le cou, les coudes. Je n'avais plus de force, comme si l'on avait remplacé mes muscles par des filaments de paille. Deux hernies discales s'étaient réveillées ainsi qu'une douleur le long du nerf sciatique. Le matin, je n'arrivais pas à me sortir du lit. Je roulais sur le côté pour me retrouver par terre à quatre pattes et tenter de me redresser en prenant des appuis improbables. Je m'enroulais alors dans une ceinture élastique renforcée par des baleines pour soutenir les lombaires. Travailler avec un pareil accessoire de contention était éprouvant. Avec la chaleur, ce corset devenait très vite insupportable et je devais choisir entre moisir dans la sueur ou ramper dans la douleur. J'ignorais combien de temps encore tout cela allait durer. Loin d'avoir fini ce chantier, c'était lui, au contraire qui était en train de m'achever.

Cambriolage

Lorsque je m'endormais, seul, au centre de cette immense maison, je sombrais d'épuisement plus que je ne glissais dans le sommeil. Je m'enfonçais dans une sorte de goudron compact qui étouffait la vie et tous ses bruits. Je ne rêvais pas, je ne bougeais pas, je ne bronchais pas, je n'étais presque plus là. Ce n'était pas une litote. J'eus l'occasion d'en prendre conscience lorsque je me rendis au garage pour prendre une perceuse que je posais habituellement sur l'établi à côté des scies circulaires, de la scie sauteuse, du rabot électrique, de la visseuse, de la disqueuse, de la tronçonneuse et de la ponceuse. La machine n'était plus là. Et les autres non plus. Elles avaient toutes disparu. Et aussi les trois caisses à outils. Et mon vélo. Et la bétonnière électrique. Et le treuil. Et tout, absolument tout le reste. Durant la nuit, le garage avait été vidé, pillé. Tout à coup cet endroit m'apparut comme une bouche dont on aurait arraché toutes les dents.

Un tel déménagement avait dû prendre un temps incroyable et nécessiter, au moins, l'usage d'une camionnette. Il était impossible de sortir tous ces objets volumineux, notamment la bétonnière, sans faire du bruit. Muré dans mes limbes, je n'avais rien entendu.

Je n'aurais jamais imaginé qu'un cambriolage puisse avoir un tel effet sur moi. Je fus littéralement anéanti par cet épisode. J'étais prêt à échanger ma voiture, de l'argent, des meubles, tout ce que je possédais, contre mes outils. Qu'on me prenne tout, mais pas mes outils. Pas à ce moment-là, pas à cet instant de ma vie.

Le réapprentissage

Je passai la journée enfermé chez moi, assis dans mon fauteuil. Assommé. La tête soufflée. Ces outils, pour la plupart, je les tenais de mon père. Au fil des ans, j'avais complété les jeux de clés et renouvelé les machines électriques. Avec le temps, ces ustensiles étaient devenus les miens. Je les connaissais, je les avais bien en main, savais les trouver les yeux fermés. Les clés à pipe, à œillets, à douille, à cliquet, les clés Allen. Tous les tournevis et les marteaux et les pinces et les limes. Dans le désordre du garage, chaque chose avait sa place, dans les casiers comme entre mes doigts. Si, vaille que vaille, le chantier avançait, c'était grâce à ces outils.

Au prétexte que le portail n'avait pas été fermé à clé cette nuit-là, l'assurance refusa de me rembourser la moindre chose. Je fus donc obligé de dépenser une réelle fortune pour me ré-équiper, et surtout de réapprendre l'usage de ce nouveau monde. M'habituer aux nouvelles poignées des machines, au grip différent des pinces et des tournevis. À l'attaque des lames. À la puissance des moteurs. Aux mandrins.

Lorsque j'eus tout rangé, je fus stupéfié par une chose qui jusque-là m'avait échappé : rien n'est plus ridicule et déplacé, dans un vieux garage, qu'un équipement flambant neuf.

Les coupables

Je ne dormis pas de la nuit. De rage et d'énervement. À mesure que passaient les heures une certitude grandissait en moi. Je connaissais les coupables. Je les avais hébergés, nourris en mon sein. J'avais supporté leur folie, leur fourberie, leur ladrerie, leurs mensonges, leur incompétence, leurs clébards dépravés. J'avais presque tout accepté de ces gens-là. Pierre Sandre et Pedro Kantor. Ce vol portait leur marque. Ils avaient rôdé autour de la maison avec des jumelles. Ils m'avaient menacé. Ils connaissaient les lieux. Ils avaient une camionnette. Ils manquaient d'outils. Ils étaient détraqués.

Je ruminais tout cela durant la journée et me rendis chez Kantor en fin d'après-midi. Sa maison était construite au milieu d'un terrain qui ressemblait au parc d'un ferrailleur. Il y avait trois carcasses de voiture, du métal partout, des sanitaires au rebut, des rouleaux de grillage rouillés, une épave de caravane, de la tôle ondulée, des plaques de fibrociment, une dizaine de moteurs et un amas de vieux pneus. Les chiens, au pelage taché par quelques vieilles huiles et dégénérés jusqu'à la moelle, tournaient autour de leurs queues ou aboyaient à la vue du premier passant.

D'un pas lent et tranquille, Kantor s'avança vers moi jusqu'à la grille. La meute, solidaire, s'était rassemblée derrière elle.

– Qu'est-ce que vous voulez ?

– Vous le savez parfaitement, monsieur Kantor.

– Et je sais quoi ?

– Les outils. Les machines. Le vélo.

– Quel vélo ?

– Arrêtez de me prendre pour un imbécile.

– Qu'est-ce que vous avez à répéter tout le temps que je vous prends pour un imbécile ? Je comprends jamais rien à ce que vous racontez.

– Alors je vais essayer d'être plus clair. Il y a quarante-huit heures, on m'a piqué tous mes outils, toutes mes machines, ma bétonnière, et je suis convaincu que c'est vous et Sandre qui avez fait le coup.

– Vous êtes gonflé, vous. On vous barbote vos machins pendant la nuit et comme ça au matin vous décrétez que c'est Sandre et Kantor les coupables.

– Comment vous savez que ça s'est passé la nuit ?

– C'est rare de braquer des bétonnières en plein jour.

– Qu'est-ce que vous faisiez l'autre fois avec des jumelles en bas de chez moi ?

– On regardait les cigognes que vous aviez embauchées à notre place. Pour voir si on les connaissait.

– Kantor, rendez-moi mes outils !

– Ah je vous retrouve bien là, monsieur Tanner,

tendu, têtu et coléreux. Toujours pareil. Mais vous êtes quand même culotté de venir m'accuser ici sans preuve alors que c'est vous qui me devez encore de l'argent. La bâche. Vous l'avez oubliée, la bâche ?

Pour couvrir les aboiements furieux des chiens nous devions presque hurler, ce qui donnait un tour assez surréaliste à notre face à face.

— Je sais que c'est vous, Kantor.

— Et qui vous dit que c'est pas les gars de l'autre entreprise ? Ou encore un des étrangers avec lesquels vous travaillez, hein ? Vous auriez pas dû nous foutre dehors, nous. On aurait fini le travail et vous auriez été tranquille. Mais vous avez préféré prendre des bamboulas et voilà ce qui arrive.

— Comment vous savez que je travaille avec des étrangers ?

— Y a plus que ça dans le métier. Des putains de métèques. Alors c'est forcé, s'il y en a partout, il y en a chez vous.

— Si vous voulez éviter les ennuis, rendez-moi ce que vous m'avez pris.

— Vous débloquez complètement, monsieur Tanner. Vous imaginez que si c'était moi qui vous avais volé, je courrais dans la remise chercher ce que je vous aurais pris pour vous le rendre ? Vous croyez vraiment ça, hein ? Moi, je vais vous dire ce que vous allez faire si VOUS voulez éviter les ennuis. Vous allez tourner les talons avant que j'ouvre ce portail et laisse mes chiens s'amuser avec vos mollets.

Disant cela, il posa sa main sur la poignée et

entrouvrit légèrement un vantail. Derrière la grille, je voyais danser et flamboyer les yeux fous furieux des bâtards. Ils contrastaient singulièrement avec le regard tranquille et serein de leur maître.

Le doute

Loin de m'apaiser, cette visite avait attisé mon ressentiment envers Kantor et sa ménagerie dégénérée. Imaginer mes outils entre ses mains me mettait hors de moi. Je ne supportais pas l'idée de cet homme touchant à mes affaires, tripotant mes machines, pour en tirer profit et avantage. Je découvrais une forme rare et spécifique de la jalousie. À force de multiplier les mensonges et les indélicatesses, d'accumuler les embrouilles, de me pousser à bout, cette canaille avait fait de moi un imbécile capable de se rendre malade pour des choses secondaires. Kantor m'avait transformé en un petit propriétaire comptable, pingre et soupçonneux, qui confondait des caisses à outils avec une malle au trésor.

Être dépouillé de SES outils est une expérience profondément désagréable. C'est à la fois perdre des repères visuels, des habitudes manuelles, un indicible savoir, des gestes automatiques et une partie de sa mémoire. Ce lobe de cerveau qui sait immédiatement dans quel rangement se trouve le marteau adéquat, la truelle appropriée, ou la pince idéale. Tout cela est parfaitement archivé. Reconstituer de pareilles données *ex nihilo* est alors impossible. Pareils aux membres fantômes qui continuent à torturer les mutilés, des outils disparus vous amputent d'une part de vous-même et leur absence vous hante insidieusement durant toute une vie.

Je ne pourrai jamais effacer de ma mémoire les visages reptiliens de Sandre et de Kantor. Dans la solitude de ma maison, j'ai longtemps associé le plus petit bruit nocturne à une sournoise reptation du duo se faufilant dans mon garage. Mais je dois reconnaître que je n'ai jamais eu la moindre preuve de leur culpabilité. Seulement une conviction intime. Obsédante. Dévastatrice. Peu reluisante.

Simko

Je me débattais avec cette cuisante rancœur et un chantier éprouvant lorsque je fis la connaissance d'Adrien Simkolochuski, fumiste de son état. J'avais décidé de faire doubler certaines cheminées de la maison afin de sécuriser des conduits en boisseaux plus que centenaires. Adrien Simkolochuski était un spécialiste. Il fournissait et installait lui-même des tubes sophistiqués possédant la brillance des miroirs et à l'intérieur desquels les fumées glissaient voluptueusement. Pour faire oublier ses devis exorbitants, il avait l'art de magnifier les performances de ses équipements :

– Alors vous comprenez, comme nous allons poser un diamètre surdimensionné, les fumées vont pouvoir s'élever facilement et monter directement au ciel sans aucune retenue ni friction. C'est ça l'inox. Une sorte de banquise bien lisse. Un escalier roulant vers les étoiles. Vous voyez ce que je veux dire ?

Non seulement je l'imaginais parfaitement, mais de surcroît je connaissais le prix de ce luxueux moyen de transport. Simkolochuski me tendit son stylo et je signai un chèque représentant trente pour cent du montant total.

– Je serai là demain à huit heures. Appelez-moi Simko. Tout le monde m'appelle Simko.

Adrien Simkolochuski était le sosie d'un ancien troisième ligne de rugby de l'équipe de France. Un format exceptionnel. Une force de la nature. Une poitrine de camion. Des bras aussi longs que des semi-remorques. Des mains larges comme des coffres-forts. Simko inspirait confiance. On sentait tout de suite que l'on pouvait se reposer sur lui, qu'il menait les choses à leur terme en temps et en heure.

L'attente

J'attendis Simko toute la matinée en clouant du parquet neuf dans une pièce de l'étage. Régulièrement, je me postais devant la fenêtre pour voir si sa voiture n'était pas garée dans la cour. Vers midi, je fus pris d'un doute. Il émanait de lui une telle loyauté, un tel sérieux, qu'on ne pouvait douter de sa ponctualité. Comment interpréter le fait qu'il n'ait pas pris la peine de me téléphoner pour s'excuser de son retard. Peut-être avait-il été victime d'un accident. Ou d'un malaise. Ou bien avait- il eu à régler un problème grave. Cet homme m'avait fait une impression si favorable que j'éprouvais pour lui une bienveillance que l'on réserve généralement aux membres de sa propre famille. Simkolochuski ne vint pas l'après-midi. Et il ne me téléphona pas. Vers dix-neuf heures, je l'appelai sur son portable, mais n'obtins que sa messagerie :

– Bonjour, Paul Tanner à l'appareil. Je vous ai attendu toute la journée. J'espère que vous n'avez pas eu de problème majeur. Soyez gentil de me rappeler pour savoir si on se voit demain.

En raccrochant je sentis le ridicule d'un pareil message, de la formulation et du ton que j'avais employés. «Soyez gentil de me rappeler pour savoir si on se voit demain.» Sans doute peut-on dire de telles choses à une femme dont on espère les faveurs, mais certainement pas à un fumiste dépassant les bornes et le quintal.

Simko ne se manifesta pas. Ni le lendemain, ni durant les jours qui suivirent. De mon côté, je tentais en vain de le joindre. La veille du week-end, cependant, il décrocha:

– Simkolochuski à l'appareil.

– C'est Paul Tanner.

– Ah! monsieur Tanner, figurez-vous que j'ai essayé de vous joindre plusieurs fois mais de l'endroit où je me trouvais le portable ne passait pas.

– Et là où vous étiez, il n'y avait pas de téléphone à fil?

– Oh là là! C'est compliqué. Je finissais tellement tard, tout ça, vous pouvez pas imaginer.

– Vous deviez venir au début de la semaine et je vous attends toujours.

– Je sais, je sais. Mais j'ai eu un problème sur une cheminée et j'ai pris un gros retard. Tout a été décalé.

– Vous venez quand?

– Lundi huit heures. Sans faute. Même si je dois travailler tout le week-end.

L'équilibriste

Souvent je me suis posé la question de savoir s'il n'y avait pas quelque chose qui clochait chez moi. Il n'était pas normal d'attirer à ce point les ennuis et les canailles. Je devais avoir des paroles, une attitude, une façon d'être qui me désignaient, dans la foule, comme pigeon préférentiel. Il n'y avait pas d'autre explication.

Inutile de dire qu'il n'y eut pas de Simko le lundi à huit heures. Ni d'ailleurs le mardi, encore moins le mercredi. Adrien Simkolochuski appartenait à cette race d'artisans pour qui toute journée passée est une journée de gagnée. Il vivait avec une sorte d'effaceur dans la tête. Sitôt qu'il avait raccroché, qu'il n'entendait pas votre voix, vous n'existiez plus. Jusqu'à ce que vous le coinciez à nouveau et l'acculiez à formuler d'inconfortables et ridicules mensonges, il se considérait en règle avec lui-même et aussi avec son agenda. Menant plusieurs chantiers de front, payant le matériel de l'un avec les avances de l'autre pendant qu'il travaillait chez un troisième, Simko avait une existence de fildefériste, d'équilibriste sans cesse au bord de la chute.

Je l'appelais tous les jours en lui demandant de me rembourser mon acompte. Bien évidemment il ne broncha pas. Le vendredi, comprenant que je n'avais aucune prise sur l'individu, je lui adressai une lettre recommandée dans laquelle je le menaçais de confier notre affaire au service de la concurrence et des prix ainsi qu'à une association de consommateurs.

Le week-end fut splendide, un soleil de fin de printemps s'écrasait sur l'épais bouclier vert des marronniers et des platanes.

Cœurs de pigeon

Avec plus de deux semaines de retard, mais à huit heures précises, Adrien Simkolochuski se présenta à ma porte. Il rentra son camion dans la cour et sortit immédiatement son échelle et ses conduits métalliques.

– Vous ne croyez pas que vous exagérez un peu, monsieur Simkolochuski ?

Il me tournait le dos et je ne distinguais que son impressionnante masse athlétique affairée et totalement silencieuse.

– Vous auriez pu, au moins, me donner un coup de fil pour vous excuser et me prévenir.

Il déchiquetait plus qu'il n'ouvrait les emballages de carton et alignait au sol les tuyaux neufs les uns à côté des autres. Concentré sur sa tâche, il ne semblait pas m'entendre.

– Qui vous dit que je n'ai pas engagé quelqu'un d'autre pour faire le travail ? Vous arrivez, comme ça, sans prévenir, et vous vous mettez au boulot. Et si je m'étais absenté ce matin ? Si j'étais allé rendre visite au service de la concurrence et des prix ?

Un instant il s'immobilisa, puis très lentement fit demi-tour. C'est alors que je vis son visage cramoisi et figé par une fureur qui semblait remonter du centre de la terre. Ses mâchoires étaient contractées et ses masséters, au sommet de ses joues, pulsaient sous la peau comme deux gros cœurs de pigeon. Il avança vers moi, glissa ses énormes mains sous mes aisselles et me souleva avec autant d'aisance que si j'étais un enfant de quatre ans. Il me tint ainsi un moment à bout de bras et me plaqua ensuite assez virilement contre le flanc de son camion.

— Il ne faut pas me parler comme ça, monsieur Tanner. Il ne faut pas me dire des choses pareilles, ni me menacer. Ni m'écrire que vous allez me poursuivre.

Les mots, acérés, glissaient entre ses dents pareils à des lames de rasoir. À la commissure de ses lèvres bouillait une légère bave blanche. Il ne gesticulait pas, ne criait pas, essayant au contraire de contenir un brutal et puissant torrent de colère que j'entendais gronder à quelques centimètres de mon visage.

Respect

Ce type avait tort sur toute la ligne. Sa manière de faire était irrecevable, son nom, imprononçable, sa réaction, inacceptable, ses mensonges, misérables. Sa violence, insupportable. Et pourtant, sitôt qu'Adrien Simkolochuski m'eut redéposé sur terre, j'éprouvais à son égard un certain respect. Cette sensation étrange que l'on doit avoir lorsque l'on vient, contre toute attente, d'échapper aux griffes d'un ours brun déchaîné. Simko aurait pu m'accrocher à l'antenne de son camion, me nouer autour de son rétroviseur, m'enrouler autour de la roue de secours. Au lieu de quoi, il se maîtrisa et, aussi délicatement qu'il m'avait élevé aux cieux, me reposa sur terre.

Durant un long moment, nous restâmes l'un face à l'autre, mutuellement gênés par ce qui venait de se passer. Puis Simko disparut dans son véhicule pour prendre sa caisse à outils. En ressortant, le regard flottant et la voix embarrassée, il dit :

– Bon, je vais aller sur le toit poser ces tuyaux. D'accord ?

– D'accord.

La reddition

– Putain de merde de putain de merde !

C'était la puissante voix retrouvée du troisième ligne qui déchirait le silence de l'après-midi. Nous ne nous étions pas reparlé depuis l'incident du matin et travaillions chacun de notre côté. Mais un cri d'une telle violence m'attira dans la cour.

– Vous avez un problème, monsieur Simkolochuski ?

– Je viens de m'ouvrir le doigt avec une de ces merdes de plaques d'inox.

– C'est profond ?

– Jusqu'à l'os ! Je peux voir ce putain d'os !

Un instant, une pensée pas très noble me traversa l'esprit. Simko venait de trouver un prétexte minable pour s'éclipser d'ici et calmer, l'espace de quelques heures, l'impatience bien légitime d'un autre client. Convaincu qu'il allait saisir la perche que je lui tendais, je proposais :

– Vous voulez que je vous conduise à l'hôpital ?

– Ça va aller, merci.

J'eus alors un peu honte d'avoir soupçonné à tort

131

Adrien Simkolochuski. Comme pour me mettre encore plus mal à l'aise il ajouta :

– C'est gentil, ne vous en faites pas, ça va aller.

En fin d'après-midi, il descendit du toit avec quelques pièces de métal découpé et ses outils. Son travail était terminé. Son pouce gauche était grossièrement enveloppé de tissu et de papier rougis par l'hémorragie.

– Vous voulez vous désinfecter ?

– C'est pas la peine. Je ferai ça à la maison. En revanche, il va falloir que vous m'aidiez à établir la facture. Je suis gaucher, et avec ma main, je vais pas pouvoir.

– Vous ne faites pas vos notes avant d'aller chez les clients ?

– Jamais. Je les établis toujours sur place, à la fin du chantier. On ne sait pas, on peut avoir des différences avec le devis en fonction des difficultés qu'on rencontre.

Le destin me mettait dans une inconfortable position : celle du condamné qui doit lui-même s'infliger la sentence. J'allais m'autofacturer. Me coller un coup de barre, de massue, de bambou.

– Il y aura un petit supplément.

– Pourquoi ?

– Le chapeau. J'avais oublié le chapeau de la cheminée sur le devis. Je sais pas pourquoi j'oublie toujours les chapeaux. Là, vous rajoutez donc un chapeau RV80, la fixation RX3, vous faites le total hors taxes, voilà, et maintenant vous comptez la TVA à 5,5. Vous avez une calculette ?

La nature avait repris le dessus. Après le moment

132

de flottement et d'émotion que nous avions traversé ce matin, la vie retrouvait son cours normal et nous, nos places respectives. Moi, dans la peau du pigeon éternel, Simko, dans celle du chasseur contraint de me tirer dessus pour se nourrir. Étrange monde.

Je signai donc mon chèque et ma reddition définitive.

Le sang

– Vous voulez pas aller voir le travail, là-haut, pendant que je range mes affaires ?

Je grimpai sur le toit pour juger de l'aspect des somptueuses doublures qui équipaient maintenant mes cheminées. Mais, arrivé sur le faîte, je restais pétrifié, sidéré. On aurait dit qu'un meurtre s'était déroulé ici. Que dis-je un meurtre, une bataille, un bombardement, une guerre de cent ans. Il y avait du sang partout, sur les tuiles, les briques de la cheminée, le tubage inox, le chapeau, le retour en zinc. On distinguait des gouttes, des taches, des traînées, des coulées. Çà et là, des traces de doigts, virgules écarlates, ponctuaient ce tableau des enfers. Il faudrait des siècles et bien des orages pour lessiver, laver un tel bain de sang. Mon toit ressemblait à une terrasse des martyrs. En redescendant je devais avoir le visage livide et hagard d'un homme qui revient du front.

– C'est propre, hein ?

Simko, bien sûr, faisait allusion à la finition de son installation. D'une certaine façon, cet homme était un vétéran, un ancien combattant qui avait versé son sang pour assurer mon bien-être.

– Et puis maintenant vous pourrez ramoner les conduits en un clin d'œil. Si c'est vous qui le faites, utilisez un hérisson en plastique, hein, pas en métal, sinon ça rayerait l'inox.

Je ne l'entendais même pas. J'avais les yeux fixés sur les bandages rouges qui entouraient sa main et me demandais comment un homme qui avait perdu autant de sang pouvait encore avoir le cœur à parler travail.

Le calumet

Ce soir-là, Simko et moi n'arrivions pas à nous quitter. Confusément, la paix revenue, les accords entérinés, nous sentions que nous avions mutuellement quelque chose à nous faire pardonner. Le jour commençait à décliner et nous bavardions, assis sous la véranda, lui, fumant une pipe assez proche d'un calumet, et moi, sirotant un soda.

– Je sais que je fais des erreurs. Tout ça c'est un peu n'importe quoi. Quand j'y pense, je me dis que ça n'a pas de sens. Cavaler à droite et à gauche, se faire engueuler partout…

– Pourquoi prenez-vous autant de boulot ?

– Je peux pas faire autrement. J'ai trop de charges, je m'en sors pas. Et vous, dans votre partie, comment ça va ?

Que pouvais-je bien lui répondre ? Que ma partie était perdue d'avance. Que je faisais un métier d'écornifleur à mi-chemin de l'abeille et du cormoran. Que ces travaux me tuaient. Que je vivais seul. Que je vieillissais mal. Que je regrettais mon ancienne maison. Mon ancienne vie. Mon ancienne femme. Mon ancienne voiture. Et mes outils. Mes outils à jamais disparus.

Le chantier

Il faut bien comprendre ce qu'est véritablement un chantier lorsqu'on l'assume seul. Du point de vue du travail et de la tension, cela correspond à peu près à la gestion simultanée d'un contrôle fiscal, de deux familles recomposées, de trois entreprises en redressement judiciaire et de quatre maîtresses slaves et thyroïdiennes. Il faut à la fois travailler au jour le jour, construire, remodeler un univers démesuré à la force de bras modestes, penser à la suite, programmer le meilleur, envisager le pire, alimenter le chantier en matériaux – *un chantier est, par essence, constamment affamé* –, régler des sommes vertigineuses – *une rénovation est, par définition, un gouffre* –, surveiller le travail des artisans qui viennent faire une prestation – *un artisan est, par nature, une menace latente* –, supporter, enfin, les mensonges, les ruses, les retards, les approximations de ces corps de métiers qui, il ne faut jamais l'oublier, n'ont été constitués que pour concourir à votre ruine. À endurer pareilles tortures, on perd très vite ses forces, sa santé, aussi bien mentale que physique, ses économies, sa lucidité, bref, sa raison. Les mains rongées par le ciment, asséchées par le plâtre, le dos cassé, le corps zébré de déchirures et de tendinites, on finit par n'être plus qu'une carcasse laborieuse habitée par la fatigue, diminuée par la douleur et affaiblie par une forme rampante de dépression primitive. Alimenter une bétonnière en sable et en gravier. Monter des poutres à la force des bras. Visser des plaques de plâtre au plafond. Carreler à genoux. Creuser des tranchées à la pioche. Abattre des murs pleins à la masse. Travailler à marche forcée. Manger n'importe quoi. Mal dormir. Penser à sa vie passée. Se demander pourquoi l'on fait ça. Et surtout pour qui. Avoir des idées fixes. Vivre dans un monde étroit. Éprouver des sentiments mesquins. Oublier son sexe. Négliger son hygiène. Regarder son corps se flétrir. Se perdre. Ne pas se reconnaître. Craindre de n'avoir pas la force d'aller au bout. Et pourtant finir. Et puis s'asseoir. Et regarder une dernière fois le champ de bataille. Et se demander comment tout cela fut possible. Et, après avoir comblé tant de trous, rempli autant d'espaces, se sentir vide. Tellement vide. Et seul.

Ça continue

Depuis quelque temps, je n'arrivais plus à m'endormir. Je pensais sans cesse au travail. À peine couché, je me projetais dans la journée suivante. Mon esprit électrifié, en éveil total, envisageait tous les problèmes du lendemain, l'approvisionnement du chantier, son coût ou quelque difficulté technique. Les modifications à opérer sur les lignes du chauffage central. Ou le nouveau trajet des canalisations d'eau chaude et d'eau froide dans la cuisine et les salles de bains. Pour des raisons de calendrier et de disponibilité, il me fut impossible de trouver un seul et même artisan qui accepte de se charger de ces deux opérations. J'engageai donc un plombier pour installer les nouvelles conduites d'eau et un chauffagiste apte à pallier les insuffisances du central.

Il ne me fallut pas longtemps pour deviner qu'avec Émile Harang, plombier, j'allais encore vivre des moments inoubliables. Sans doute, lui aussi, avait-il aperçu mon pavillon, d'extrême complaisance, flottant au-dessus du chantier. Avec sa démarche sautillante, on aurait dit un oiseau de bord de mer courant devant une vague. Il me souriait comme un proche parent et me tendait une main qui me semblait aussi agitée qu'une truite. En le voyant s'approcher de moi, je m'entendis murmurer : « Et voilà. Ça continue. »

De Funès

Émile Harang était le sosie de Louis de Funès. Sa réincarnation. Plus troublant, il possédait aussi la voix, les tics et l'attitude burlesque de l'acteur. Je le revois encore arriver aux premières lueurs de l'aube, se planter devant moi, frictionner, avec gourmandise, ses mains l'une contre l'autre, sautiller sur la pointe des pieds à la façon d'un boxeur pressé d'en découdre et me dire :

– Alors, maître, prêt pour aller discipliner les tuyaux ?

Il n'y avait, évidemment, sur cette planète, qu'un plombier capable d'employer une pareille expression. Et, bien sûr, c'est chez moi qu'il travaillait. D'où tenait-il que l'on *disciplinait* les tuyaux ?

Croissance zéro

Malgré mon embarras, Émile Harang m'appelait toujours «maître». Impossible de lui faire adopter une expression plus appropriée à ma modeste condition.

– Pourquoi maître? Hé, hé. Dès que je vous ai vu, pafff! J'ai pensé: «Cet homme-là est un maître.» Tout de suite. Hé, hé, hé. C'est ce qui m'est venu directement à l'esprit. Je ne me trompe jamais.

Maître il m'avait baptisé, maître je demeurerais par-delà le temps et les heures. En présence d'autres artisans ou de livreurs, la situation devenait gênante. Soit les visiteurs me prenaient pour un ancien avocat converti aux roboratives thèses maoïstes du «retour aux ateliers et aux champs», soit ils imaginaient je ne sais quelle relation dominatrice dans l'ambiguë dialectique du maître et de l'esclave.

– Maître, il me faudrait vingt-cinq mètres de cuivre recuit et une centaine de collerettes.

– Je le note. J'irai vous chercher ça cet après-midi.

– C'est gentil, maître, ça me fait gagner du temps.

Il manquait toujours quelque chose à Harang. Par principe. De la brasure, une réduction, des colliers, du tube, du décapant. C'était ainsi. Et sous ses manières obséquieuses, ses formules d'un autre temps, il avait l'art de me charger de ses courses. Lorsque je partais en mission, on pouvait entendre vibrer, chez lui, les cordes d'un plaisir intime. Virtuose du monde inversé, il savourait ces instants paradoxaux où il envoyait, illico, son « maître » faire le marché.

J'aimais bien Harang. Il travaillait de façon assez imprévisible mais ingénieuse. Il avait toujours une bonne idée en réserve, une astuce qui permettait de gagner du temps ou quelques longueurs de tube. Il détestait dépenser, gâcher, acheter. Il n'aimait pas le neuf et possédait une énorme malle dans sa camionnette pleine de pièces récupérées, testées et nettoyées.

« Croissance zéro, maître, croissance zéro ! » Telle était sa louable obsession. Freiner les frénétiques ardeurs d'une société consumériste. Arranger. Recycler. Réparer. Il lançait son mantra altermondialiste chaque fois qu'il réussissait à adapter l'une de ses trouvailles. « Croissance zéro ! »

Onomatopée

De Funès arrivait à l'aube, sautillait d'un pied sur l'autre, se frictionnait vigoureusement les mains, me saluait comme si j'étais Stradivarius en personne et partait, guilleret, discipliner une couronne de cuivre que l'on imaginait volontiers insolente et effrontée. Ne comptant pas ses heures, Harang, toujours vif et fringant, s'employait à raidir, aligner, plaquer, bref à mettre au pas des tubes qui n'avaient d'autre choix que de se soumettre aux exigences de cet inflexible préfet. Et tout au long de cette éducation, de ce dressage, Émile Harang sifflotait des airs d'un autre âge qu'il agrémentait d'interminables et saisissants trémolos. Je remarquais que chaque fin de journée était ponctuée par la même mélodie. Il entonnait *Le Pont de la rivière Kwaï*, traversait la cour, tel un merle vigoureux et droit, et zébrait le couchant d'un sifflement qui faisait taire les plus téméraires des oiseaux.

– À demain, maître, dès potron-minet.

Je ne saurais dire combien de fois j'ai entendu cette expression qu'il affectionnait entre toutes. Il

145

l'aimait, la dégustait, la gardait pour la fin. Sitôt la formule prononcée, il lançait le moteur du camion et démarrait dans le soir.

Harang adorait aussi ponctuer ses tâches de diverses onomatopées. Singulière habitude qui me permettait, cependant, de suivre de loin la progression des travaux. Quand une soudure était terminée, retentissait un sonore «Et paff!» que l'on aurait dit sorti tout droit d'une scène du *Corniaud*. Même chose pour les «Hé, hé, hé!» qui, eux, célébraient un essai d'étanchéité concluant. Quant aux interminables et gourmands «Mmmeeemmmhhhmmm!» qui semblaient se faufiler à l'intérieur d'une bouche pleine, Harang ne les employait que lorsqu'un jet d'eau bien roide jaillissait d'un mélangeur nouvellement installé.

Avec sa fantaisie, sa bonne humeur, sa façon démodée et rageuse de s'attaquer au travail, Émile Harang était très vite devenu le vrai «maître» des lieux.

Le matelas

Ce jour-là, je m'étais absenté tout l'après midi et une bonne partie de la soirée, laissant Harang régler les affaires courantes. Sa compagnie m'avait redonné courage et, depuis son arrivée, les planchers, moulures murales et lambris que j'assemblais s'emboîtaient comme par enchantement.

Je rentrai à la maison vers vingt-deux heures. L'air était encore tiède et le ciel de ce bleu profond qui précède la nuit. Je me préparais un rapide repas avant d'aller, pour une fois, me coucher de bonne heure.

En m'asseyant sur le lit, j'eus la désagréable sensation de m'enfoncer dans une éponge gorgée d'eau. Sous l'effet de mon poids, le matelas se comprima et régurgita une estimable quantité de liquide. La literie, les draps, les oreillers, tout était inondé. C'est alors que je découvris l'origine de mon infortune : une fuite sur les lèvres d'une soudure. Un petit geyser sur la nouvelle ligne d'eau froide qui traversait ma chambre pour relier la cuisine à la salle de bains. Une fontaine d'intérieur, puissante à la base, se terminant en une sorte de corolle, avant de retomber en pluie sur une large surface du lit.

Il ne me restait plus qu'à couper l'eau et à trouver refuge sur un vieux canapé dans la pièce voisine. Auparavant je tentai bien de tirer le matelas dans le jardin, mais le poids du liquide qu'il avait absorbé le rendait intransportable. Demain. On verrait tout ça demain. Harang m'aiderait. Je m'allongeai sur mon inconfortable couche et regardai fixement le plafond pendant plusieurs heures. La poisse était revenue. L'insomnie aussi.

L'humiliation

Ce matin-là, pas de sifflotement ni de sautillement. Des bras ballants. Un visage de deuil. Le désastre. L'humiliation. Le malheur et l'inconvénient d'être né.

– Maître, je ne sais que vous dire. C'est terrible. Terrible.

– Ne vous inquiétez pas, monsieur Harang, ce n'est qu'un lit.

– Jamais. Cela ne m'est jamais arrivé.

– Vraiment, je vous assure, ce n'est pas grave.

– Quand je suis parti tout était normal, j'en suis certain. J'ai tout vérifié. Ça a dû lâcher ensuite. En plus c'est une soudure toute bête, sans coude, cuivre sur cuivre. Je ne comprends pas

– Vous pouvez m'aider à sortir le matelas ? Il est tellement lourd et gorgé d'eau qu'hier soir, seul, je n'y suis pas parvenu.

– Maître, vous rachèterez tout ce qui a été endommagé et vous me donnerez vos factures. Mon assurance vous remboursera tout ça. Mais si l'argent peut réparer les dégâts, en revanche il n'effacera jamais ma honte.

Soudain, Harang se mua en une sorte de samouraï du chalumeau, un vénérable guerrier féodal imprégné des règles strictes de l'honneur, un Kawabata de la brasure, un Mishima du manchon, un Murakami de l'étoupe, un Kurosawa du Téflon. Je le voyais bien se faire un hara-kiri traditionnel, genoux en terre, toisant l'innommable tuyau réfractaire. Puis, l'affront lavé, s'effondrer dans la pénombre d'un Toko no ma, en murmurant un dernier haïku inaudible.

– Maître, je n'ai vraiment aucune excuse.

Plissant les yeux, il répétait cela avec l'insondable tristesse qu'exprime le visage mutique de Takeshi Kitano dans les dernières images de *Hana-Bi*.

Médecine douce

Harang s'était transformé en une sorte de moine-soldat, accomplissant ses tâches avec une grande économie de gestes et de paroles. Il traversait les pièces d'une démarche silencieuse, le dos voûté, des brins de brasure pendant de ses mains comme autant de baguettes magiques désormais dépourvues de leur charme. Sidéré par l'« indiscipline » d'un modeste filet d'eau, Harang essuyait une tempête intime, une dépression post-traumatique dont rien ni personne ne semblait pouvoir le guérir. Pourtant, en matière de thérapies, l'homme était un expert. À l'occasion des poses que nous nous accordions, Harang m'avait livré les conceptions assez particulières qu'il avait de la médecine et de la pharmacologie. En gros il y avait, pour lui, deux sortes de pathologies. Les maladies d'hiver et celles d'été. Et il traitait chacune de manière bien spécifique. En hiver, il se roulait dans la neige, nu, pendant une bonne minute. À défaut de flocons, deux gros sacs de glaçons dispersés dans l'herbe faisaient l'affaire. Puis il se précipitait vers une bassine d'eau

151

brûlante dans laquelle il trempait ses pieds tout en buvant une décoction de gingembre, de graines de moutarde et de sauge. « Normalement, maître, le lendemain, vous courez comme un lapin. » L'été, les soins étaient, si l'on peut dire, moins spectaculaires.

– Il suffit de faire bouillir un bol de lait, d'y tremper un gros clou de charpente rouillé et ensuite de le boire. Le fer oxydé provoque une réaction chimique et le résultat c'est que, quelques heures plus tard, vous êtes sur pied.

– Et vous soignez quoi avec ce genre de traitement ?

– Tout, maître, à peu près tout.

À l'exception cependant de ce mal étrange qui l'accablait aujourd'hui. À l'évidence clous et glaçons ne pouvaient rien contre le syndrome de la fuite d'eau.

Prétextes

Vers la fin de sa mission, Émile Harang retrouva une partie de son allant, de sa confiance et, aussi, de ses sifflements. Un lit neuf, un sol nettoyé, un mur asséché, tout cela contribuait à effacer les souillures qui entachaient les délicates parois de son orgueil. Désarçonné pendant quarante-huit heures, il s'était à nouveau hissé à cheval, mais montait désormais avec la maladresse et l'appréhension d'un débutant.

Lorsque je lui réclamai la facture, Harang se montra évasif, fuyant :

– Je n'ai pas encore eu le temps de l'établir, maître. Je vous la ferai passer, rien ne presse.

– Vous me l'envoyez cette semaine, d'accord ?

– On verra, maître, on verra.

– Ne traînez pas trop. Avec un chantier pareil, je préfère être à jour.

– Je vous reconnais bien là, maître. Nous sommes faits du même bois.

Et les semaines passèrent.

– Monsieur Harang ? Vous m'avez oublié.

– Mais non, maître, mais non. Comment pourrais-je, d'ailleurs, même si je le voulais, vous oublier ?

– Je n'ai toujours pas reçu votre note.

– Je sais, maître. Trop de travail ces derniers temps. Elle viendra en son temps ne vous en faites pas.

Au début, je l'avoue, je pris ce retard pour une simple négligence de la part de Harang. Sans doute, comme il me le répétait, était-il débordé. Mais au bout d'un mois et de plusieurs coups de fil de relance que le plombier esquiva au prix d'invraisemblables contorsions, je compris qu'il y avait un lien entre ces tergiversations et la fameuse fuite. Coupable de cet avatar, il ne se sentait pas « digne » de me facturer un travail marqué d'un tel « désastre ». De son propre aveu, Harang adorait travailler, mais détestait se faire payer. Il vivait très mal la présentation d'une note. La situation, la démarche étaient pour lui dégradantes. Convaincu d'avoir percé son mystère je décidais un soir de le surprendre chez lui.

J'eus beau sonner et tambouriner à sa porte, il ne m'ouvrit pas. Pourtant j'avais aperçu sa fragile silhouette d'oiseau migrateur plantée derrière le rideau d'une fenêtre au premier étage. Il me surveillait. Il regardait si j'étais encore là, spectre terrifiant, à lui rappeler, par ma seule présence, un jour de son existence qu'il aurait voulu n'avoir jamais vécu.

Il ne me prit plus jamais au téléphone et deux autres visites à son domicile furent aussi infructueuses que la première. En désespoir de cause, je lui écrivis une longue et chaleureuse lettre dans laquelle je glissais un chèque d'un montant qui me paraissait être la juste rétribution de son travail et des fournitures qu'il m'avait procurées.

Je ne reçus pas de réponse et mon compte ne fut jamais débité.

Hommage

Il y a fort peu de chances pour que Émile Harang lise un jour cette histoire. Mais si d'aventure cela arrivait, je voudrais qu'il sache qu'il reste pour moi l'un des personnages les plus dignes et les plus nobles que j'ai croisés sur ce chantier et ailleurs. Sa présence à mes côtés m'apporta une vigueur nouvelle, une confiance et une paix inexplicables. Dans cet interminable combat que fut la remise en état de cette maison, il représenta une parenthèse enchantée, un moment de civilisation dans une arène regorgeant de barbares. Ses sifflements, son regard paradoxal, sa fierté calcifiée, ses économies d'effets et de moyens, sa modestie compulsive rehaussent encore la force de la tragédie facturière qu'il choisit d'interpréter.

Parmi cet escadron de mercenaires dressés au cœur des enfers, Émile Harang fut le seul dont j'aurais admis les plus invraisemblables et excessifs coups de bambou. Il fut, pourtant, l'unique cavalier à se montrer chevaleresque.

Roy et Siegfried

Ils arrivèrent dans un nuage de poussière au volant d'un pick-up Chevrolet agrémenté d'un exubérant pare-buffles chromé. Dès qu'ils en descendirent, je sentis confusément que quelque chose clochait et qu'une nouvelle paire de corsaires s'apprêtait à passer à l'abordage. Roy et Siegfried portaient des combinaisons d'une couleur hésitant entre le parme et l'orange, des casques de chantier olivâtres. Cet accoutrement singulier renforçait le malaise qu'inspirait ce couple outrageusement bronzé. Tout, chez eux, – leurs équipements, leur véhicule, leurs outils – semblait bizarrement neuf. Ils s'avancèrent vers moi et me tendirent une main molle en enlevant leurs couvre-chefs. C'est alors que leurs coiffures peroxydées, jusque-là contenues sous leurs heaumes, se déployèrent brusquement comme ces mousses expansées qui triplent de volume au contact de l'air. C'était ahurissant. Saisissant. Ma seconde surprise fut provoquée par leur accent flamboyant. Loin des sonorités anglo-saxonnes que leurs patronymes laissaient augurer, les deux hommes s'exprimaient avec une verve caractéristique du Gard ou de l'Hérault, région où l'on aime employer la locution «pourquoi» en lieu et place de «parce que» et où l'on prononce les «e» en «a». C'est ainsi que leurs premiers mots furent: «On est un peu en ratard pourquoi il y avait des bouchons sur la routah.» Je me demandais quelle perversion avait bien pu pousser ces deux Méridionaux à s'affubler de pareils prénoms dont il était patent que leurs parents ne les avaient jamais encombrés. J'avais fait appel à Roy et Siegfried pour installer, sur la partie du toit la plus exposée au sud, des panneaux solaires. Ils auraient pour fonction de réchauffer, dans le jardin, un petit bassin que j'avais l'intention de transformer en piscine. Selon Harang, ils étaient d'excellents spécialistes des énergies propres. Avec leurs tenues tirées à quatre épingles, leurs coiffures cauchemardesques, leurs ceintures de cuir d'où pendaient des outils rutilants et ces casques saugrenus qu'ils s'ingéniaient à porter en l'absence de tout risque, ils me faisaient surtout penser à des naufragés du temps, des rescapés du radeau englouti des Village People.

Tigre blanc

Siegfried et Roy. Bien sûr. Cela me revint la nuit suivante durant une insomnie. Il y a bien des années de cela, de passage à Las Vegas, j'avais été frappé par d'immenses affiches représentant deux dompteurs androgynes, liftés, bouclés, décolorés, vêtus de combinaisons lamées et posant au côté de leur gros tigre aussi louche que blanc. Ils étaient l'une des attractions les plus anciennes et les plus courues de cette métropole du mauvais goût. *Siegfried and Roy*. Je tenais mon explication. Ils avaient emprunté leurs patronymes à ce pathétique duo. J'en avais la certitude. La confirmation m'en fut apportée dès le lendemain. Après les avoir rejoints sur le toit, je vantais, sournoisement, la qualité de leurs outils et la manière dont ils les entretenaient. En me mordant les joues, je les flattais également à propos de l'exotisme de leurs tenues.

– Avec ces ceintures de cuir, ces casques et ces combinaisons, vous avez un côté californien.

– On adora l'Américah. On y va en vacançah. Ces tenues, on les a achetées là-bas.

– Où ça ?

– À Vegasse. On aimah bien Lasse Vegasse. Pourquoi y a toujours de l'animation et du spectaclah. Pas vrai Roy ?

– Et vouai. Il y a du vrai spectaclah. Ce qui se fait de mieux.

– Vous savez qu'à Las Vegas il y a justement des dompteurs qui s'appellent comme vous.

– Vous les connaissez ? C'est incroyablah ! Vous connaissez Sieguefriede and Royah ? Mais c'est nos idolah ! On a vu dix-sept fois leur spectaclah. On leur a même fait signer des tee-shirtah. C'est des monstrah. Des légendah ! On les admirah tellement que quand on a monté l'entreprisah on s'est appelés comme eux. Vouai. Une sortah d'hommageah. Au fait, vous savez comment ils ont baptisé leur tigrah ?

– Non.

– Kissinger. Tellement qu'il est malin et férocah, ils lui ont donné le nom de Kissinger.

Et voilà. J'avais percé mon duo à jour. J'étais satisfait de ma performance tout autant que de leur travail, d'ailleurs, aussi propre et soigné que leur apparence. Vers midi, Siegfried s'en alla faire des courses pour le déjeuner. Resté sur le toit, Roy lui cria :

– Oooh, ficelle ! Tu oublies pas les gâteauah !

L'éblouissement

Sur le moment je crus à un éblouissement. Ou à
un artefact de parallaxe. Clignant des yeux, dans la
lumière du contre-jour, je vis distinctement Roy
s'approcher de Siegfried et l'embrasser avec une
infinie sensualité. Adossé au conduit de la cheminée, Siegfried caressait les fesses de son partenaire.
J'étais extrêmement embarrassé, car d'évidence
Siegfried et Roy se croyaient seuls. Me trouvant
dans la partie haute du toit, hors de leur vue, je
devais impérativement passer devant eux pour
redescendre. Il était hors de question que je les
interrompe dans un moment pareil. Je décidais donc
d'attendre, silencieux, dans mon coin, que les choses
se calment. De temps à autre, je jetais un regard
vers le couple en espérant deviner les signes de ma
libération prochaine mais je sentais bien que j'étais
coincé là pour un bon bout de temps. Avec leurs
pavanes faîtières, dans l'axe où je me trouvais, ils
me faisaient penser aux grands mammifères insou-
ciants et câlins dont je filmais parfois les émois.
Puis, ce qui devait arriver arriva. Sur mon toit. En

plein soleil. Dans une lumière incandescente qui éclipsait Las Vegas. J'entendis le claquement sec d'une tuile canal qui cassait sous le poids et les ardeurs des duettistes. Il n'y avait que deux endroits au monde où l'on pouvait espérer assister à pareil spectacle : le Caesar's Palace et chez moi. Coincé sur mon versant, je regardais les alentours, ma montre, le ciel, en songeant que, vraiment, je n'étais pas un type chanceux. Tandis que je pensais à tout cela, j'entendis distinctement Siegfried dire « Tia cassé una tuileah ». Puis ce fut le silence des grandes plaines. Il me fallut encore patienter une demi-heure sur mes tuiles avant de pouvoir regagner le rez-de-chaussée. Dans la cour, Roy et Siegfried rangeaient leur attirail. Leur abondante chevelure ramenée cette fois en catogan, ils s'avancèrent vers moi.

– On voulait vous dirah qu'on finira pas ce soir commah prévu. On a eu des problèmah là-haut.

– Quel genre de problème ?

– Des problèmah de… fixation. C'est ça. On a pas les bonnes pattah de fixation. On va aller acheter ce qui faut ce soir. C'est pour ça qu'on s'en va un peu plus tôt. Pour trouver les pattah avant que ça fermeah.

– Qu'est-ce qu'il vous faut comme genre de pattes ?

– Des pattah espécialah.

– Spéciales comment ?

– Espécialah, quesse vous voulez que je vous diseah, espécialah, c'est tout. Venez sur le toit, demain, on vous montrera.

– Non, non, c'est bon, je vous fais confiance.

Tristesse

Le départ des dompteurs me laissa pour ainsi dire orphelin. Leur relation exubérante et fusionnelle me renvoyait à ma solitude, à ces journées infinies passées avec moi-même dans l'abrutissement de tâches obscures. Physiquement, ce chantier me dévastait. Mon cerveau, lui, n'était plus qu'une masse bulbeuse irriguée de pensées utilitaires, primaires et communes à tous les mammifères. Le soir, parfois, après le travail, il m'arrivait d'aller marcher dans les parages de mon ancienne maison. Je passais et repassais sans cesse devant, scrutant la façade et les arpents de jardin qu'il m'était donné d'apercevoir. La torture était délicieuse, et les remords, lancinants. C'est alors que le destin, souvent prompt à aviver les plaies, me fit croiser Qu'on-le-veuille-ou-non. Il se montra charmant, disert, en pleine forme. L'acquisition de ma maison semblait lui avoir offert une nouvelle jeunesse. Il insista pour que je vienne prendre un verre dans mon ancien chez-moi. Je refusai avec d'autant plus de mollesse que c'est en réalité ce que j'espérais secrètement depuis longtemps.

En franchissant le seuil, j'éprouvai ce sentiment de gratitude confuse et de bonheur brouillon caractéristique des retrouvailles. Et pourtant. Tout avait changé. Les couleurs. L'odeur. L'ordre des choses. Je pensais visiter un musée, parcourir une galerie de mon passé, j'imaginais que les souvenirs allaient me submerger à mesure que les portes s'ouvriraient, libérant les effluves d'autrefois tapis dans chaque pièce. Au lieu de cela, je découvris le désordre impudique d'une famille ordinaire et sans goût. Je me retrouvai au cœur d'un pavillon étranger, une maison témoin. La bâtisse s'était accommodée de ces changements. Elle m'avait oublié, elle avait refait sa vie avec cet homme satisfait de son sort, qui, les mains dans les poches, les pieds légèrement écartés sur la pelouse du jardin, marmonnait: «Qu'on le veuille ou non, ça doit faire quelque chose de revoir son ancienne maison.» Cela faisait raisonnablement mal. Comme chaque fois que l'on perd quelqu'un ou quelque chose, et que cet être ou cet objet, sans animosité ni rancœur, vous efface de son existence et passe à autre chose, parce que la vie est ainsi.

Khaled

Malgré le désordre du chantier, je commençais à percevoir les agencements jusque-là seulement esquissés sur plans. Certaines pièces avaient disparu, remplacées par des volumes plus vastes, plus lumineux. Je m'occupais de la pose des carreaux de faïence blanche dans la cuisine et dans les salles de bains, tandis que Khaled Fahred, Marocain né à Fès, jointeur de son état, se consacrait exclusivement à l'habillage des plaques de placoplâtre. C'était un travail qui exigeait qualification et habileté. Il s'agissait de poser, à la jonction des panneaux, des bandes enduites d'une sorte de plâtre synthétique, et de lisser ce bandage jusqu'à ce qu'il fasse corps avec le support. Après le passage d'un jointeur de qualité, on ne devait plus percevoir la moindre irrégularité, la plus petite aspérité. Khaled était l'archétype de ce spécialiste. Totalement concentré sur sa tâche parcellaire. Il ne voulait rien savoir de ceux qui l'avaient précédé ni des équipes qui lui succéderaient. Il ne demandait aucune explication sur la destination de la pièce dans laquelle il travaillait et n'adressait pratiquement pas la parole aux rares visiteurs qui passaient durant la journée. Il ne parlait pas. Ne se reposait pas. Ne fumait pas. Ne blaguait jamais. Il jointait. Du matin au soir. Âgé d'une soixantaine d'années, râblé, replet, il se déplaçait sur ses cuisses d'haltérophile avec la légèreté et la vivacité d'un écureuil. Le voir était assez spectaculaire. Mais, de la pièce voisine, l'ÉCOUTER poser ses bandages était proprement stupéfiant. On aurait dit qu'il faisait l'amour à un buffle d'Afrique ou luttait à mains nues contre un gavial. Il soufflait à pleins poumons puis bloquait sa respiration, émettait quelques petits cris étouffés, des gémissements pouvant aussi bien s'apparenter à de la douleur qu'à du plaisir, s'autorisait encore quelques halètements, puis se relâchait en une jouissance animale plaintive et grognée. Khaled enchaînait ainsi d'impressionnantes séries d'orgasmes gutturaux et de coïts de papier. Sitôt une bande lissée, une section terminée, il s'attaquait à une autre et résonnaient à nouveau dans la pièce les échos de son étrange et ardent corps à corps.

Khaled se déplaçait avec une vieille BX entretenue de manière impeccable et dont seul le coffre était encombré d'outils. Pour engager avec cet homme un minimum de conversation, je le complimentais un jour sur l'état de sa voiture.

– On peut compter dessus. Dans la famille, on est tous Citroën. Trois fils. Trois jointeurs. Trois BX. Sans compter celle de ma femme.

J'imaginais tout ce parc automobile au repos, le soir, aligné dans la cour, tandis que la famille écureuil, attablée et silencieuse, grignotait en grognant de plaisir un chapelet de noisettes.

– Vous savez pourquoi on a tous des BX ? Parce que, avec la première que j'ai achetée, j'ai fait trois tonneaux. Et ma femme était assise à côté de moi. Croyez-le ou non, la voiture est retombée sur ses roues et nous n'avons pas eu une égratignure. Simplement, comme on s'était retrouvés plusieurs fois la tête en bas, on avait les cheveux un peu gonflés, vous voyez, comme si on sortait de chez le coiffeur. Je n'ai eu qu'à remettre le contact et la voiture est repartie. On est rentrés à la maison comme ça. Avec simplement un peu de terre sur le toit et les cheveux gonflés.

BX, la suite

L'histoire de l'accident de la première BX ne s'arrêtait pas là. Pour me le faire vivre plus intensément, Khaled me mimait en un ralenti approximatif le dérapage, les embardées et même les trois tonneaux durant lesquels il se cramponnait farouchement à son volant. Il commentait chacune de ces phases avec le plus grand sérieux, les yeux écarquillés à l'instant de la perte de contrôle, et la tête enfoncée dans les épaules pour restituer la violence du premier impact.

– Vous savez comment j'ai eu cet accident ? J'étais tranquillement en train de doubler quand, en face, comme un boulet, est arrivée une Audi à toute vitesse. Alors j'ai pensé : « Pour être aussi pressé, dans une voiture pareille, ça ne peut être qu'un toubib. » C'est ça qui m'est venu à l'esprit. Pour lui laisser la place, si on peut dire, je me suis mis dans le fossé. Trois jours plus tard les gendarmes sont venus me voir à la maison. Ils avaient retrouvé le soi-disant médecin qui m'avait foncé dessus. Vous savez qui c'était, le fameux toubib ? Un garagiste au chômage qui venait de voler une Audi.

Les attentats

Lorsqu'il eut terminé son travail, Khaled Fahred se montra plus amical et m'avoua le plaisir qu'il avait eu à mener à bien ce chantier. Cela ne tenait pas à la nature du travail mais aux conditions dans lesquelles il s'était déroulé. Il avait apprécié de se retrouver seul sur le site, sans avoir à composer avec les autres artisans ou ouvriers.

– Dans le bâtiment ce sont des fous. Il faut le savoir. Ils sont vraiment tous fous. Ça fait quarante ans que je suis dans le métier et je ne m'y suis jamais habitué. Les plus dingues de tous, ce sont les plombiers. Je ne prends plus un contrat si un plombier doit travailler en même temps que moi.

Khaled semblait terrifié par cette corporation dont l'irresponsabilité était, paraît-il, proverbiale. En tout cas, il les décrivait comme une caste d'imprévisibles et irréductibles kamikazes.

– On a toujours des problèmes avec eux. Rien que cette année, le jour de la visite par le chef, un de ces siphonnés a mis un pétard agricole dans la grande cuve où, nous, les jointeurs, on prépare cent cinquante ou deux cents litres d'avance de notre colle.

Après l'explosion, on était tous recouverts de cette putain de crème qui dégoulinait aussi sur les murs. Sur le chantier suivant, d'autres plombiers se sont amusés à remplir de gaz de grosses poches-poubelles. Nous, bien sûr, on ne s'est aperçus de rien. La déflagration a soufflé l'escalier en bois qu'on était en train d'habiller. Moi je suis tombé de deux mètres cinquante et je me suis cassé le poignet. Mon collègue, lui, a été propulsé à l'étage supérieur. Depuis il a les oreilles qui sifflent.

Khaled racontait tout cela avec l'angoisse rétrospective qui affleure dans les témoignages des rescapés d'attentats. À ses yeux, le moindre plombier de quartier représentait un danger potentiel, une menace pour la communauté. Toutes les autres professions, sans exception, affirmait-il, redoutaient cette corporation mafieuse prête à tout pour se distraire ou mettre un chantier sous son emprise.

– Jamais un plombier ne m'a appelé par mon nom. Quand ils parlent de moi entre eux ils disent « T'as vu la bique ? » ou « Le melon, il est en bas ? » ou encore « Va me chercher Boumédiène ».

Je regrettais que Harang ne soit plus là. Qu'il n'ait pas croisé le chemin de Khaled. Car je sais qu'il l'aurait appelé M. Fahred, lui aurait fait partager sa philosophie de la soudure écologique, son goût pour les formules surannées, les sautillements, et aurait aussi écouté avec respect les aventures de ces BX magiques capables de préserver votre intégrité physique tout en vous administrant d'étonnants soins capillaires.

Le dégoût

J'étais au bord de l'épuisement physique et du découragement lorsque Jean-César Astor commença sa première journée sur le chantier. Il était arrivé un peu plus tôt dans une Volvo break anthracite, modèle qui fut longtemps le véhicule favori des antiquaires hétéros et des dentistes chineurs. Astor n'appartenait à aucune de ces professions. Il était peintre en bâtiment. C'est du moins à ce titre qu'il m'avait été recommandé par l'un des ouvriers de Lindbergh. Astor avait le physique et l'allure d'un mannequin Boss ou Armani. En tenue de chantier, il avait l'air de sortir de chez Marlboro Classics. Outre ces afféteries, il enfilait, pour travailler, des gants et une casquette de peau beiges. Et rien ne semblait le dégoûter davantage que le contact ou l'odeur prégnante des peintures, qu'elles fussent acryliques ou glycérophtaliques.

Cet homme peignait à contrecœur et du bout des doigts. Avec sur les lèvres un rictus permanent de répulsion. Et en ouvrant les pots avec la minutie d'un démineur afin d'éviter la moindre projection.

La plus infime tache sur ses habits le rendait extrêmement nerveux et il abandonnait tout, séance
tenante, pour la nettoyer. Comment, avec de telles
phobies, Jean-César Astor en était-il arrivé à choisir
ce métier ? Quel pervers conseiller pédagogique
avait bien pu, dans sa jeunesse, l'orienter dans cette
voie ?

L'art moderne

Pour rompre la monotonie de mes journées, il m'arrivait d'échanger quelques mots avec Astor. Il m'avoua peu à peu son réel mépris pour son travail, et la passion dévorante qu'il vouait à l'art moderne.

– Au départ j'ai essayé d'être sculpteur. Mais je n'ai rien vendu. Alors je me suis improvisé galeriste. Des choix trop radicaux m'ont conduit à la faillite et de fil en aiguille je me suis retrouvé dans la peinture, en bâtiment, cette fois.

Lorsque je doutais du choix d'une teinte dans un nuancier, je demandais son avis à Astor.

– Écoutez, monsieur Tanner, je peux discuter avec vous d'une couleur dans une toile pendant des heures. L'analyser, essayer de comprendre ce qui l'annonce, ce qui la compose ou la justifie. Mais si vous me demandez mon avis pour un mur, alors là, ne comptez pas sur moi. C'est comme si j'étais aveugle. Je ne vois pas les couleurs industrielles. Je ne sais *jamais* ce que je peins.

Et c'est ainsi que j'accrochai Astor dans ma galerie personnelle. Il rejoignit les innombrables portraits que j'avais le don de collectionner, et qui, présentés en enfilade, formaient la plus intrigante exposition d'originaux et d'hurluberlus que l'on puisse imaginer.

Pour rafraîchir les murs de ma nouvelle maison, j'avais donc engagé tout à la fois un artiste refoulé et un marchand d'art reconverti. Je me méfiais de cette hasardeuse et détonante combinaison, craignant que, le moment venu, Sotheby's se mêle de la facture.

Pollock

– Vous avez lu la biographie de Pollock qui vient de sortir ?

Ce matin-là, il ne me dit pas bonjour, ne me demanda pas comment j'allais ni ce que je pensais de son travail. Ce matin-là, il me posa simplement cette question sur le ton familier, vaguement méprisant, qui est souvent la marque du plasticien. Je lui répondis naïvement que, non, je n'avais pas lu cette biographie mais que je me souvenais d'avoir vu, il y a quelques années, un film racontant la vie de ce peintre, son art des gouttelettes, son alcoolisme et son étrange mort dans un cabriolet en compagnie de deux jeunes femmes. Astor me considéra un instant avec surprise, puis sa bouche arbora le rictus que lui inspiraient ses pots de peinture.

– L'art ne s'apprend pas au cinéma.

D'abord surpris par l'agressivité de cette réplique dans pareil contexte, je compris que, par le biais de ce rituel de passage, Astor et moi entrions désormais dans la phase ouvertement conflictuelle de nos rapports.

– Vous n'oublierez pas comme je vous l'ai demandé hier de laquer en blanc tous les encadrements du salon.

Astor eut une moue dubitative, s'éloigna d'un pas, regarda attentivement les moulures comme s'il s'agissait d'un Watteau, puis haussa les épaules avec l'indifférence d'un homme qui a d'autres préoccupations.

Les radiateurs

Avec ses phrases suffisantes et acérées, Jean-César Astor ne manquait pas une occasion de me rappeler qu'au-delà des apparences, il était l'Artiste, et moi, le payeur, le vulgaire commanditaire. Une expression revenait souvent dans sa bouche : «L'argent ne donne pas tous les droits.» Si j'adhérais à ce point de vue, j'éprouvais néanmoins quelques difficultés à comprendre où Astor voulait en venir avec moi. Je me souviens par exemple de sa réaction déplacée lorsque je lui demandai simplement de bien refermer le portail derrière lui en partant. Mais notre plus violent accrochage survint à propos d'un incident quasi surréaliste.

– Monsieur Astor, j'ai changé d'avis pour les radiateurs en fonte. On va tous les laquer blanc. Ce sera mieux, non ?

– Je ne peins pas les radiateurs.

– Pardon ?

– Je dis que je ne peins pas les radiateurs.

– Pourquoi ?

– Ça prend trop de temps. Avec tous ces éléments, c'est interminable.

– Je ne comprends pas.

– C'est pourtant simple : je-ne-peins-pas-les-ra-dia-teurs.

– Mais c'est quand même votre travail, non ?

– Qu'est-ce que vous voulez dire par là ?

– Que vous êtes peintre en bâtiment.

– Et qu'un peintre en bâtiment ça s'exécute ! C'est ça ? Ça fait ce qu'on lui dit de faire ! Parce qu'on le paye pour ça !

– Ça n'a absolument rien à voir.

– Justement si, monsieur Tanner, ça a tout à voir. N'oubliez jamais ceci : « L'argent ne donne pas tous les droits. »

Il n'y avait rien à faire. Enfermé dans son univers paranoïaque, Astor me faisait penser au chien névropathe de Kantor tournant sur lui-même pour se mordre la queue. Je n'avais rien contre le principe de la lutte des classes, mais je ne parvenais pas à en saisir la pertinence dans un tel contexte.

– Je ne peindrai pas ces radiateurs. Et vous ne m'y obligerez pas. Ni vous, ni personne.

– Mais qu'est-ce que ça a de si extraordinaire de peindre des radiateurs ? J'ai passé moi-même une couche d'apprêt sur chacun d'entre eux et cela m'a à peine pris trois jours.

– C'est votre affaire ! Vous êtes chez vous ! Pour moi ce n'est pas rentable. Et puis ça me met les nerfs en pelote. Tous ces éléments, toutes ces branches ! Il faut des pinceaux coudés, on se met de la peinture partout et je déteste les taches.

– Qu'y a-t-il de si dramatique à faire des taches quand on peint ? En plus vous faites tout à l'acrylique !

– C'est un reproche ?

– Non, c'est un constat. Et avec ce genre de peinture, vous pouvez tout nettoyer d'un coup d'éponge.

– Soyez franc, monsieur Tanner. Vous voulez surtout me dire que j'aurais dû utiliser de la glycéro.

– Mais pas du tout. Je m'en fous de la glycéro !

– Moi pas, monsieur Tanner. La glycéro je ne la supporte pas ! Elle m'irrite les yeux, la gorge et les bronches. Vous ne savez pas ce que c'est que de travailler des heures dans cette odeur. De se coucher le soir avec des migraines.

– Mais, bon Dieu ! Foutez-moi la paix avec votre glycérophtalique ! Je ne vous ai jamais demandé de vous en servir ! Vous débloquez ou quoi ?

– Vous en rêvez tous de cette merde de glycéro. Ne me racontez pas d'histoires, monsieur Tanner, vous êtes comme les autres.

– Mais enfin, pourquoi faites-vous ce métier ?

– Je n'ai pas à vous répondre, pensez ce que vous voulez. Je ne peins pas les radiateurs. Un point c'est tout.

J'en restai là. Bouillonnant de colère mais contraint de fléchir devant les caprices de diva d'Astor. Il y avait encore pas mal de travail à faire et j'avais absolument besoin de lui. À partir de ce jour, nos rapports se distancièrent considérablement.

Après le départ de l'Artiste, je m'attelai au travail

qu'il détestait tant. En passant une seconde couche sur les vingt-trois vieux radiateurs de la maison, je me demandais à quoi pouvaient bien ressembler les sculptures d'un pareil olibrius. Le monde de l'art moderne l'avait éjecté de ses sphères, et s'était peut-être privé d'un de ces redoutables caractériels dont il a toujours raffolé.

Comme le président

Le chantier touchait à sa fin. Signe qui ne trompait pas, un poseur de moquette libanais du nom d'Al-Fakiri était venu habiller les quarante-sept marches et contremarches de l'escalier tournant qui conduisait au premier étage. De cet homme talentueux et raisonneur, je garde un souvenir très agréable. Il fit son travail avec expertise et célérité. Il en fut cependant bien mal récompensé puisque, un soir, il eut la désagréable surprise de voir sa voiture s'enflammer spontanément dans la cour de la maison. Un court-circuit eut raison, en quelques minutes, d'une Volkswagen Caddy toute neuve. Si tant est que ce genre de voiture ait pu un jour avoir l'air neuf. Deux camions de pompiers furent dépêchés sur les lieux. Ils noyèrent la carcasse sous la neige carbonique. Al-Fakiri, effondré devant les décombres fumants, appela son assureur et commença son récit du sinistre par ces mots : « Monsieur Jasmin ? Un grand malheur est arrivé. »

Pierre Coty, lui, intégra le chantier au lendemain de cet incendie. Chauffagiste, il venait installer deux chauffe-eau, un cumulus à gaz et une nouvelle chaudière dans la buanderie. Deux semaines de travail seraient, selon lui, nécessaires car, outre le branchement des appareils, il fallait reprendre une partie de la tuyauterie et des conduits de fumée.

« Je suis Pierre Coty. Sur les chantiers, on me surnomme "le président". À cause de René Coty. » J'aurais dû comprendre que cette entrée en matière annonçait des lendemains difficiles, du sang, des larmes, un ou deux tremblements de terre, suivis d'un inévitable tsunami et d'une épidémie de typhus. De René Coty, lointain fantôme de mon enfance, je gardais l'image approximative d'un homme au visage rond, au sourire de pape, et qui se contenta de tenir le rôle de dernier chaînon dans la maille rouillée de la Quatrième République. À l'inverse de son homonyme, Pierre Coty semblait n'être qu'un tibia, un péroné, un os solitaire, dépourvu de la moindre souplesse et se déplaçant craintivement. Malhabile en général, maladroit en particulier, emprunté dans ses gestes, Pierre Coty était une sorte de constante marge d'erreur à lui tout seul. Il suffisait de le voir entrer dans une pièce pour savoir qu'il se passerait quelque chose. Qu'il allait casser, trébucher, accrocher, heurter. Avec « le président » à mes côtés, j'avais l'assurance que mon chantier aurait un finale grandiose et digne d'Helzapoppin.

Amnésique

Il ne me fallut pas longtemps pour découvrir, cependant, que Coty était la crème des hommes. D'une gentillesse naturelle, serviable, loyal, dépourvu de la moindre malice, il était un parfait compagnon de travail. À condition de passer sur les inconvénients inhérents à sa nature distraite et oublieuse. Il était par exemple inutile, en sa présence, de prononcer une phrase qui commençait par «Pierre, faites attention à ne pas...». Vous pouviez être assuré que dans le quart d'heure suivant Pierre Coty avait accompli le geste contre lequel vous l'aviez mis en garde. Avant son arrivée, j'avais vitrifié un certain nombre de parquets. Eu égard à la fraîcheur du revêtement, j'avais demandé au président d'éviter de transporter ses caisses à outils et son matériel sur le petit chariot à roulettes qu'il avait l'habitude d'utiliser. «Bien sûr, je comprends, monsieur Tanner.» Dix minutes plus tard, le président passait devant moi en tirant son plateau roulant. Tandis qu'il s'éloignait, je pouvais voir les deux impeccables sillons parallèles que les roues de cet engin avaient creusés sur mon parquet.

– Monsieur Coty, je viens de vous demander de faire attention aux sols vitrifiés de frais.

– Les sols ?

– Oui, les parquets.

– Oh, mon Dieu, c'est vrai. J'avais oublié les parquets. Vraiment je suis désolé. C'est moi qui ai fait ces rayures ?

Tel était le président. Une sorte de bourreau amnésique et affable.

Court-circuit

Si l'on ne surveillait pas constamment ses faits et gestes, Pierre Coty se révélait extrêmement dangereux et ses inattentions pouvaient entraîner des conséquences incontrôlables.

Derrière un gros tuyau de chauffage, que le président devait dessouder et remplacer, se trouvait un important boîtier de dérivation électrique desservant le couloir, la cuisine et les pièces d'eau. Avant qu'il ne s'attaque à cette conduite, j'avais mis Coty en garde :

– Faites attention au réseau électrique qui est derrière, hein, n'oubliez surtout pas de le protéger.

– Ne craignez rien. Je vais mettre une plaque isolante et tout se passera bien.

Une heure plus tard, j'étais en train de passer une ponceuse vibrante sur un parquet lorsque le moteur de la machine s'arrêta net. Je vérifiai la prise et l'état du câble. J'actionnai un interrupteur : plus d'électricité. Je me dirigeai vers la buanderie. Elle était plongée dans la pénombre. Le président, une lampe torche à la main, scrutait le mur avec attention et embarras. Pour l'occasion il avait même chaussé ses lunettes. Sous l'effet de la chaleur, le boîtier plastique avait totalement fondu, ainsi que la plupart des fils qui, en entrant en contact les uns avec les autres, avaient provoqué l'un des plus somptueux courts-circuits qu'ait jamais connus l'hémisphère Nord.

– Vous avez oublié de mettre la protection ?

– C'est ce que j'étais en train de me dire. J'ai dû oublier de mettre la protection. C'est de ma faute. Je suis désolé.

Et désolé, Coty l'était réellement. Sitôt qu'il avait pris conscience de son erreur, qu'il l'avait intégrée, le président entrait dans une phase d'abattement total. Il se retirait de la pièce et allait s'asseoir à l'écart. Généralement il allumait une cigarette de tabac brun et broyait du noir.

Il me fallut une bonne journée pour changer les fils, le boîtier et rétablir l'électricité dans cette partie de la maison. Pendant ce temps-là, Coty demeura à mes côtés, me prêtant assistance, m'éclairant avec la lampe torche et s'excusant en permanence de tant de dérangement.

Mis en confiance par la proximité dans laquelle nous nous trouvions, il lui arrivait de m'entretenir de sa vie privée. Il faisait cela avec beaucoup de discrétion et de tact, évoquant seulement l'amour sans limites qu'il portait à sa femme. Lorsqu'il en parlait, la «présidente» s'incarnait à mes yeux en une sorte de beauté sanctifiée exsudant la bien-veillance, la tendresse et la réserve. Au lieu de quoi je découvris, à l'occasion d'une visite qu'elle nous rendit, que «Sonia» était une rousse de contre-bande, bigrement dépoitraillée, court-vêtue, aux manières et à la langue fort lestes.

En entrant dans la pièce, et alors que nous ne nous connaissions pas, elle lança un plus que familier :

– C'est ici le vestiaire des filles ?

La poubelle

Le bilan de la première semaine du président était mitigé. Humainement, notre cohabitation était une lune de miel. Sur l'avancée des réparations, j'étais moins enthousiaste. Pierre Coty était très lent et il fallait toujours être derrière lui. Ses perpétuelles distractions entretenaient un vague climat de crainte, et je ressentais chacun de ses gestes comme une menace latente, une épée redoutable suspendue au-dessus de ma tête.

Le président avait aussi pour caractéristique de travailler très salement. Je veux dire par là qu'il dégazait comme un vieux cargo, laissant dans son sillage toutes sortes de déchets allant du mégot à la bouteille vide en passant par le bout de tuyau, l'emballage perdu, les éclats de brasure, les taches de décapant. Coty ne ramassait rien, ne jetait rien, ne nettoyait rien. Il laissait tout, là, dans un désordre à la fois chronologique et hasardeux. Il ne procédait pas ainsi par malveillance ou manque de savoir-vivre. Non, une fois encore sa nature distraite le tenait à l'écart des règles élémentaires de la vie en commun.

Je pense que l'esprit de Pierre Coty était une sorte de bonde dépourvue de bouchon. Celle-ci canalisait les informations et les enregistrait, mais, faute d'accessoire approprié, les laissait filer vers l'égout de l'oubli. Malgré toute sa bonne volonté, le président rayait les parquets, carbonisait les plinthes, les boîtes de dérivation, brûlait les planchers et maculait les peintures neuves de coulures de décapant. Et puis la pulpeuse présidente, de toute évidence, accaparait l'essentiel de ses pensées.

Coty était en retard sur ses prévisions. Très en retard même. Il n'en avait cure. Et, au point où j'en étais moi-même, j'avoue que je ne m'en souciais pas davantage.

La rupture

Au milieu de la seconde semaine de sa présence, le président eut à connaître ce qu'il appela lui-même une tragédie. Ce matin-là, Pierre Coty arriva à la maison avec deux heures de retard et, contrairement à ses habitudes, se mit au travail sans m'adresser la parole. Il s'enferma dans la buanderie et jusqu'à midi je n'entendis pas le moindre bruit. Après avoir frappé, j'entrouvris la porte et découvris le président assis sur sa caisse à outils, la tête entre les mains, pleurant à chaudes larmes. Par discrétion, je me retirai en silence. Deux heures plus tard, Coty était encore enfermé et je n'entendais toujours rien. Je le retrouvais dans la position exacte où je l'avais quitté, la morve au nez, les yeux écarlates, irrités par les pleurs. Émergeant de sa léthargie, il leva son regard vers moi et, dans un sanglot, renifla plus qu'il ne marmonna :

– Elle est partie.

– Qui ça ?

– Ma femme. Elle est partie.

– Vous voulez dire partie ?

– Oui, partie, partie.

– Je suis désolé pour vous.

– *Je vais vivre avec Raymond.* Et voilà. C'est le mot que j'ai trouvé sur la table, hier soir, en rentrant.

Ce style laconique et ces manières rugueuses ne me surprenaient guère de la part de la présidente que je n'avais vue qu'une fois mais qui m'avait laissé l'image d'une pétroleuse de première.

– Vous vous rendez compte, elle va vivre avec Raymond.

Je ne savais pas qui était Raymond. Sans doute, comme souvent en pareil cas, l'ami de la famille. Pour ne pas paraître indifférent, je risquai un timide :

– Vous le connaissez ?

– Mais pas du tout, justement ! Je ne sais pas qui c'est ce Raymond ! Je n'ai jamais connu de Raymond !

– Vous en êtes certain ?

Coty renifla une nouvelle fois, leva vers moi ses grands yeux vermillon de bovin, et je perçus dans ce regard le glacial frisson du doute.

Vieux poulet

Durant les jours qui suivirent, le président ressembla au rescapé d'un séisme errant dans sa ville en ruine à la recherche d'une lueur d'espoir, d'une parcelle de vie ou d'un fragment de passé. Il soudait, brasait, filetait, abouchait les tuyaux, mais chacun de ses gestes semblait l'accabler davantage. Je lui avais proposé de prendre quelques jours de repos mais il avait refusé mon offre, ajoutant :

– Chaque fois que je m'arrête, je me mets à penser à ce Raymond. Je cherche dans ma mémoire. Je me demande qui peut bien être ce type. Et si je l'ai connu.

Je ne lâchais plus Pierre Coty. Je redoutais que les moments difficiles qu'il traversait n'aggravent ses étourderies. Au prétexte de lui tenir compagnie, je l'assistais et surveillais son travail durant la mise en place des appareils à gaz. Je n'avais aucune envie de me retrouver aux urgences à cause d'un certain Raymond qui avait sans doute appris beaucoup de choses à la présidente, à l'exception, toutefois, des bonnes manières. Réconforté par ma présence qu'il pensait seulement amicale, Coty me répétait plusieurs fois par jour :

– Ah, monsieur Tanner, je ne sais pas ce que je serais devenu sans vous.

Le soir, Coty était dans un tel état de dépression qu'il m'arrivait de le garder à dîner. À le voir timidement picorer dans son assiette, on aurait dit un vieux poulet fatigué. De temps à autre, il ravalait un soupir aussi lointain que les Indes et lissait ses paupières avec ses mains.

– Je sais que je suis distrait, mais pas à ce point, quand même ? Si j'avais connu un Raymond, je m'en souviendrais, non ?

Je souriais à Pierre Coty à la façon d'un homme qui n'en mettrait tout de même pas sa main à couper.

L'inondation

Dans leur nouvelle livrée, la chaudière, le cumulus et les chauffe-eau avaient fière allure. L'hiver pouvait bien venir. Avec leurs tubes d'acier galvanisé, leurs tuyaux en inox, leurs robinets d'arrêt et leurs manomètres, ces appareils donnaient à la buanderie une touche industrielle, très professionnelle. En entrant ici, on sentait immédiatement que des forces avaient œuvré pour vous assurer un certain confort. Tout fonctionnait, les allumeurs comme les sécurités. Le président, sous mon contrôle attentif, avait tout testé. L'affaire était donc en bonne voie. Il ne restait plus qu'à modifier un tuyau d'amenée d'eau qui traversait la cuisine.

Les jours passant, Coty retrouvait quelques certitudes :

– Vous savez, maintenant, j'en suis sûr, je n'ai jamais connu de Raymond.

Cela faisait une grosse semaine que la présidente était partie, que son mari flottait entre deux mondes. Je restais sur le qui-vive sachant qu'à ce stade du chantier la moindre inattention pouvait être fatale.

Je fis l'erreur de relâcher ma surveillance une fois, une seule fois. Les lignes de gaz étant sécurisées, j'avais repris mes propres tâches, laissant le président finir à son rythme puisque les risques majeurs étaient, en principe, écartés. J'œuvrais donc à l'étage tandis qu'il s'occupait de la tuyauterie du rez-de-chaussée. L'opération dura une journée et la nouvelle conduite fut opérationnelle le lendemain matin.

– Voilà, je crois qu'on a terminé.

Coty avait de la tristesse dans la voix. Nous allions nous séparer, vivre chacun de notre côté avec nos fantômes respectifs.

– Venez à la buanderie, je vais vous montrer le nouveau circuit d'alimentation en eau de la chaudière.

Il traversa le couloir comme un chef mécanicien qui se rend à la salle des machines.

– Le manomètre est sur le vase d'expansion. Ici. Vous poussez cette manette et vous attendez que la pression monte jusqu'à un kilo et demi. Ça peut prendre un petit moment.

Plantés devant le cadran, nous attendions que l'aiguille monte. Mais elle restait invariablement collée à zéro.

– Ça va venir… À propos, si un jour vous avez un problème avec la chaudière ou un des appareils neufs, vous m'appelez. Même au-delà de la garantie. Après ce qui s'est passé, je ne vous laisserai jamais tomber.

– Vous êtes très gentil, monsieur Coty.

– Bon, ça devrait venir là.

– Le réseau est ouvert?

– À fond. C'est bizarre.

– Qu'est-ce qu'on entend?

– Vous entendez quoi?

– Le bruit d'un robinet qui coule.

Comme s'il venait d'apercevoir Raymond, le président gicla de la buanderie et se précipita dans la cuisine où l'attendaient cinq bons centimètres d'eau clapotant sur le sol. Il dit «Nom de Dieu de nom de Dieu!», puis, dans un mouvement d'une extrême rapidité, enleva son pantalon et, à la façon d'une wassingue, s'en servit pour éponger l'inondation.

Je dis: «Qu'est-ce que vous fabriquez, monsieur Coty, votre pantalon!»

La voix enfiévrée, il répondit cette chose absurde: «J'en ai un autre.»

Deux heures plus tard, à grand renfort de papier absorbant, de sciure et de pantalon, le sinistre était plus ou moins circonscrit et son origine, établie. Pierre Coty avait tout simplement oublié de souder l'un des raccords du nouveau tube. Sous la pression, l'ensemble s'était démanché et l'eau avait giclé à seaux.

Pendant toute l'opération de nettoyage, le président avait écopé en slip et chaussures de ville en marmonnant sans cesse «Ah, putain de moine». Je n'avais pas le cœur à lui faire le plus petit reproche. Tiges ingrates, ses maigres jambes blanches sortaient de ses chaussures pareilles à des fanes d'été.

Bien sûr, le parquet neuf allait réagir à cet arrosage intempestif. Il allait gonfler, travailler, faire

196

éclater le vernis. Il faudrait attendre qu'il sèche pour tout poncer et vernir de nouveau.

Cuisses à l'air, le président était assis sur la marche de la cuisine. Il leva vers moi un visage de martyr :

– Je vous demande pardon. Je n'ai plus toute ma tête. Je le vois bien.

– Tout est réglé. Vous avez de quoi vous changer ?

– Non.

L'adieu

Je prêtai des habits secs à Coty et le gardai à dîner. La cuisine était en parfait état de marche et, excepté quelques auréoles humides, ne gardait aucune trace apparente du déluge qui s'était abattu sur elle quelques heures plus tôt. Cette fois le président mangea de meilleur appétit et accepta même un cigare Cohiba dont on m'avait offert, il y a quelque temps, une boîte. Je déteste l'odeur des cigares et le style de la plupart des gens qui les fument. Mais, ce soir-là, le président s'enfouit avec un tel bonheur dans ce gros module, le tétant jusqu'à la garde, que j'endurais avec sérénité les effluves puants qui bleuissaient l'air après chacune de ses succions.

– Je vous en aurai fait voir, quand même.

– Ce fut un plaisir, monsieur Coty, un réel plaisir de travailler avec vous.

– Vous avez une sacrée patience. Qu'est-ce que vous pensez de ma femme ?

– Pardon ?

– Vous l'avez trouvée comment quand vous l'avez vue ?

– Vous savez, on ne s'est croisés qu'une fois…

– Ça suffit pour se faire une idée.

– Disons qu'elle m'a fait l'impression de quelqu'un qui semblait savoir ce qu'elle voulait.

– Vous êtes bien élevé, monsieur Tanner. Vous dites les choses de façon détournée. Ce que vous pensez en réalité, c'est que c'est une femme vulgaire.

– Pas du tout.

– Allons… Quelqu'un qui ne vous a jamais vu et qui pour vous saluer vous lance «C'est ici le vestiaire des filles?», c'est forcément une femme vulgaire. Elle m'a fait honte ce jour-là, devant vous. Ce n'était pas ma Sonia qui parlait comme ça, mais celle de Raymond. Aujourd'hui, j'y vois plus clair.

À pareille heure, l'odeur écœurante du cigare mêlée aux propos récurrents du président commençait à me faire regretter d'avoir prolongé ce dîner au-delà de sa fonction purement nutritive. Plus le temps passait, plus nous entrions dans la nébuleuse des confidences intimes qui me mettent toujours mal à l'aise.

Vers minuit Pierre Coty prit congé et je l'accompagnai jusqu'à sa voiture garée dans la cour. L'air tiède était d'une infinie douceur. Une brise naissante portait les parfums des roses du jardin.

Le président prit longuement ma main dans la sienne, me témoignant ainsi une affection un peu crispante. Avec le départ de Coty, le chantier touchait à sa fin. Une année s'était écoulée. Je me retrouvais seul dans cette grande demeure.

Débarrassé de ses échafaudages, tapie dans le noir, elle semblait, enfin, reposer en paix.

Je ne comprenais toujours rien aux raisons profondes qui m'avaient poussé à me lancer dans une aventure pareille. Il m'arrivait encore de penser avec tendresse à mon ancienne maison et à ses arbres. Ici, je me sentais comme un visiteur de passage. Avec le temps, je finirais peut-être par conclure avec cette bâtisse un pacte foncier et former l'un de ces écosystèmes discrets et sereins qui souvent relient de manière invisible les couples assagis. Car cette maison et moi partagions désormais une histoire commune. La suite n'était plus qu'une question de patience. Saison après saison, nous devions apprendre à vieillir, chacun de notre côté, dans l'ordre de la vie et le silence des choses.

Coty monta dans sa voiture et, par la portière entrouverte, me tendit une dernière fois la main.

– Encore merci pour tout, monsieur Tanner.

– Bonne chance à vous.

– Dites, une dernière chose. C'est peu probable mais si, par hasard, j'avais des nouvelles de ce Raymond, je pourrais vous appeler pour en parler ?

L'air était doux, parfumé des odeurs de la terre. Les yeux implorants du président scintillaient dans le noir. J'étais fatigué, il était tard, alors je lui dis que oui, bien sûr, il pouvait m'appeler.

Compte rendu analytique
d'un sentiment désordonné
Fleuve noir, 1984

Éloge du gaucher
Robert Laffont, 1987
et « Points », n° P1842

Tous les matins je me lève
Robert Laffont, 1988
et « Points », n° P118

Maria est morte
Robert Laffont, 1989
et « Points », n° P1486

Les poissons me regardent
Robert Laffont, 1990
et « Points », n° P854

Vous aurez de mes nouvelles
Grand Prix de l'humour noir
Robert Laffont, 1991
et « Points », n° P1487

Parfois je ris tout seul
Robert Laffont, 1992
et « Points », n° P1591

Une année sous silence
Robert Laffont, 1992
et « Points », n° P1379

Prends soin de moi
Robert Laffont, 1993
et « Points », n° P315

La vie me fait peur
Seuil, 1994
et « Points », n° P188

Kennedy et moi
prix France Télévisions
Seuil, 1996
et « Points », n° P409

L'Amérique m'inquiète
Chroniques de la vie américaine 1
Éditions de l'Olivier, 1996
et « Points », n° P2053

Je pense à autre chose
Éditions de l'Olivier, 1997
et « Points », n° P583

Si ce livre pouvait me rapprocher de toi
Éditions de l'Olivier, 1999
et « Points », n° P724

Jusque-là tout allait bien en Amérique
Chroniques de la vie américaine 2
Éditions de l'Olivier, 2002
« Petite Bibliothèque de l'Olivier », n° 58, 2003
et « Points », n° P2054

Une vie française
prix Femina
Éditions de l'Olivier, 2004
et « Points », n° P1378

Hommes entre eux
Éditions de l'Olivier, 2007
et « Points », n° P1929

Les Accommodements raisonnables
Éditions de l'Olivier, 2008
et « Points », n° P2221

Palm Springs 1968
(photographies de Robert Doisneau)
Flammarion, 2010

Le Cas Sneijder
prix Alexandre-Vialatte
Éditions de l'Olivier, 2011
et « Points », n° P2876

La Succession
Éditions de l'Olivier, 2016
et « Points », n° P4658

RÉALISATION : PAO ÉDITIONS DU SEUIL
IMPRESSION : CPI FRANCE
DÉPÔT LÉGAL : MAI 2007. N° 94548-11 (2038473)
IMPRIMÉ EN FRANCE

Éditions Points

Le catalogue complet de nos collections est sur Le Cercle Points, ainsi que des interviews de vos auteurs préférés, des jeux-concours, des conseils de lecture, des extraits en avant-première…

www.lecerclepoints.com